MW01632413

DORAËMON

1

kana

Fujiko · F · Fujio
藤子・F・不二雄

DORAëmon

Sommaire

Venus d'un futur lointain 5
La grande prémonition de DORAemon 20
Les biscuitmorphoses 34
Un plan d'espionnage top secret 43
Méli-mélo 57
Le concours d'antiquités 66
Le criquet des aveux 82
Courage, mon aïeul ! 96
La chasse à l'ombre 112
Le rouge à lèvres flatteur 124
Un sans faute une fois dans la vie 131
La demande en mariage 140
Qui fait quoi avec qui 152
La neige brûlante 162
Le génie fumeux de la lampe 171
Au galop, les échasses ! 182

Venus d'un futur lointain

QUEL JOUR DE L'AN PAISIBLE !
JE SUIS SÛR QUE L'ANNÉE SERA BONNE.

NON, ELLE NE SERA PAS TERRIBLE.

NOBITA NOBI SE PENDRA DANS 30 MINUTES...

... ET SERA FACE AUX FLAMMES DANS 40 MINUTES.

QUI A PARLÉ ?
MONTREZ-VOUS !

IL N'Y A PERSONNE...
JE N'AIME PAS ÇA.

BOUM
BAM
BAM

QU'EST-CE...
COMMENT ES-TU ARRIVÉ ?
QUI... QUI ES-TU ?

AAAH !
TU ES FÂCHÉ ?
C'EST MOI QUI AI PARLÉ.

CE N'EST PAS IMPORTANT.
CAR JE VIENS TE SAUVER DE TON TERRIBLE DESTIN.

COMMENT ES-TU ARRIVÉ JUSQU'ICI ?
TU ME POSES TROP DE QUESTIONS À LA FOIS.

D'AILLEURS, IL NE T'ARRIVERA RIEN DE BIEN JUSQU'À TA MORT.
HEIN !?

ÇA, CE N'EST RIEN.

PENDU DANS 30 MINUTES ET FACE AUX FLAMMES DANS 40 MINUTES ?

TU VEUX SAVOIR POURQUOI ?
EUH... OUI.

N'IMPORTE QUOI ! TU NE PEUX PAS LE SAVOIR !
POURTANT JE LE SAIS.

* PÂTE DE RIZ GLUANT.

OÙ EST DORAemon ?

DORAemon T'A RACONTÉ ?
IL VA S'OCCUPER DE TOI À PARTIR D'AUJOURD'HUI.

J'AIMERAIS RESTER AVEC TOI MAIS JE SUIS TROP OCCUPÉ.

CE N'EST PAS UN ROBOT PARFAIT MAIS IL N'EST PAS PIRE QUE TOI.

IL FAUT DIRE QUE TU N'ES PAS DOUÉ, GRAND-PÈRE.

TU ES NUL EN CLASSE, EN SPORT ET MÊME À "PIERRE, PAPIER, CISEAUX" !

C'EST POUR ÇA QUE, MÊME ADULTE, IL NE T'ARRIVE RIEN DE BIEN.

MAIS MAINTENANT DORAemon EST LÀ, GRAND-PÈRE !

ATTENDS ! DE QUEL GRAND-PÈRE PARLES-TU ?

DE QUI JE PARLE ?

DORAemon NE T'A RIEN DIT ?
JE SUIS DÉSOLÉ.

ON VIENT DU FUTUR.
"LA MACHINE DU TEMPS" A ATTERRI DANS CE TIROIR.
QUOI ?

SEWASHI EST LE PETIT-FILS DE TON PETIT-FILS.

TU ES LE GRAND-PÈRE DE MON GRAND-PÈRE.

JE SUIS UN ENFANT. JE NE PEUX PAS AVOIR DE PETIT-FILS !
IL N'EST PAS FUTÉ.
NON.

TU VOIS... UN JOUR, TU VAS DEVENIR ADULTE.
OUI.

ET TU VAS TE MARIER.
AH BON ?

OUI, DANS 19 ANS.
C'EST VRAI !?

AVEC QUI ?
AVEC SHIZUKA ?

NON, AVEC GIANETTE.
GIANETTE !?
LA PETITE SOEUR DE GIANT ?

ON LUI MONTRE L'ALBUM DE PHOTOS ?
JE N'Y PEUX RIEN.

NON, C'EST IMPOSSIBLE !
JE NE VEUX PAS !
JE LA DÉTESTE !!

TADAAAN
C'EST TA PHOTO DE MARIAGE.

ET TA VIE DE FAMILLE...
TADAAAN

CE SONT DES MENSONGES !!!
RENTREZ CHEZ VOUS !!

QU'Y A-T-IL ?

BAM
BAM
JE NE CROIS PAS À VOS SORNET-TES !

DES GENS NE PEUVENT PAS SORTIR DU TIROIR ! HAHAHA !
TU AS FAIT UN CAUCHEMAR. MON PAUVRE PETIT...

NOBITA !

QUELLE IMAGINATION QUAND MÊME !

N'Y PENSE PLUS ET GRANDIS TRANQUILLEMENT.

NOBITA, NE T'EN FAIS PAS, TU SERAS HEUREUX.

MAIS... ÉTAIT-CE UN RÊVE ?

IL POURRAIT DEVENIR DESSINATEUR DE MANGAS.

EST-CE QUE J'AI ENVIE DE ME PENDRE ?
NON.
JE NE VAIS PAS ME PENDRE SI JE N'EN AI PAS ENVIE.

PENDU DANS 30 MINUTES...
C'EST DANS UNE MINUTE !

SALUT, SHIZUKA !

NOBITA !
C'ÉTAIT DONC N'IMPORTE QUOI !
C'EST SÛR !

OUI, D'ACCORD.

PEUX-TU ATTRAPER LA PLUME ?

* BADMINTON À LA JAPONAISE.

JE NE ME MARIERAI JAMAIS AVEC TOI !
OH ! QUEL GOUJAT !

TU N'ÉTAIS PAS OBLIGÉE DE ME NOIRCIR AUTANT !

QUI A FAIT PLEURER GIANETTE ?
IL S'EST MOQUÉ DE MOI !

SWISH

NON... QUAND MÊME...
... ÇA NE PEUT PAS ARRIVER.

FACE AUX FLAMMES DANS 40 MINUTES...

OH ! VA VITE TE CHANGER !

SPLASH

QU'EST-CE QUE TU RACONTES ?
JE SUIS FACE AUX FLAMMES. IL AVAIT RAISON.

1979...

IL Y A LÀ LES PHOTOS DE MON AVENIR.

1988 : NOBITA CRÉE SA PROPRE SOCIÉTÉ CAR IL NE TROUVE PAS DE TRAVA

PROCHAINE SERA LA BONNE...
COURAGE !
FÊTE DE CONSOLATION
L'ÉCHEC DU CONCOURS
À L'UNIVERSITÉ.

1995 : SA SOCIÉTÉ FAIT FAILLITE ET IL CROULE SOUS LES DETTES.

1993 : IL BRÛLE SON ENTREPRISE.
FEUX D'ARTIFICE

MÊME CENT ANS APRÈS, ON REMBOURSE ENCORE TES DETTES !

TROP C'EST TROP !

C'EST POUR ÇA QUE CHEZ MOI ON EST PAUVRES...
JE N'AI EU QUE 50 YENS* POUR LES ÉTRENNES CETTE ANNÉE.
JE SUIS DÉSOLÉ DE CAUSER DES SOUCIS MÊME À MES DESCENDANTS...

* 35 CENTS.

NE SOIS PAS SI TRISTE.
IL EST POSSIBLE DE CHANGER TON DESTIN.

JE... JE...
JE N'AI PLUS ENVIE DE VIVRE !

... C'EST BIZARRE.

MAIS...

VRAIMENT !?
OUI, ON EST VENUS POUR ÇA.

SI MON DESTIN CHANGE, TU NE NAÎTRAS PAS.
NE T'INQUIÈTE PAS, LE RÉÉQUILIBRE SE FERA AILLEURS.

MÊME SI LE COURS DE L'HISTOIRE CHANGE, JE NAÎTRAI QUAND MÊME.

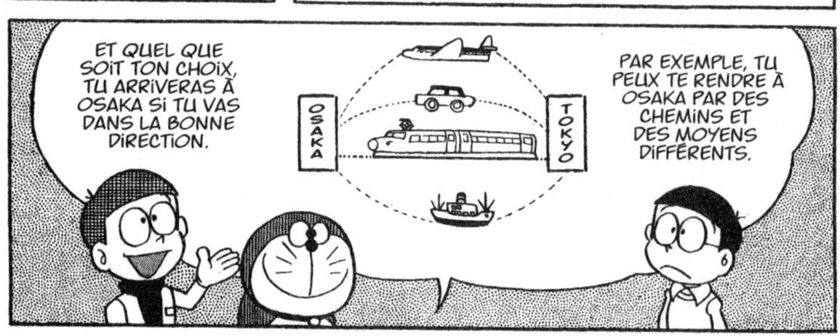
PAR EXEMPLE, TU PEUX TE RENDRE À OSAKA PAR DES CHEMINS ET DES MOYENS DIFFÉRENTS.
TOKYO
OSAKA
ET QUEL QUE SOIT TON CHOIX, TU ARRIVERAS À OSAKA SI TU VAS DANS LA BONNE DIRECTION.

MOI, DORAEMON, JE VAIS RESTER ICI...
... POUR M'OCCUPER DE TOI !

JE COMPTE SUR TOI !
C'EST BIEN, TU AS COMPRIS.

J'AIMERAIS BIEN VISITER LE 20e SIÈCLE.
NE T'ATTARDE PAS TROP, TA MAMAN VA SE FÂCHER.

FAISONS UN TOUR AVEC ÇA.

"BAMBOU-COPTÈRE" !!!
JE VAIS T'EN METTRE UN AUSSI.

VOOOM
OH !

ÇA SE MET N'IMPORTE OÙ.
JE CROIS QUE TU L'AS MIS À UN MAUVAIS ENDROIT.

JE NE ME TROMPE JAMAIS.

TU N'AS QU'À ME FAIRE CONFIANCE.

BOUTIQUE KAWAI
JE ME DEMANDE SI JE PEUX VRAIMENT COMPTER SUR LUI.

La grande prémonition de DORaemon

C'EST "LA MAIN MAGIQUE" DU 22e SIÈCLE.
ARRÊTE TES BLAGUES À LA NOIX !
ピョコ CRIC
ピョコ CRIC

JE DEVAIS ABSOLUMENT TE RETENIR.

TU VAS CHEZ SHIZUKA, N'EST-CE PAS ?
OUI.

COMMENT TU SAIS ÇA ?
ELLE T'A DEMANDÉ DE VENIR CAR ELLE EST SEULE CHEZ ELLE ET QU'ELLE S'ENNUIE ?

N'Y VA PAS !
ET POURQUOI !?

REGARDE CE QUI VA T'ARRIVER SI TU Y VAS.
TU ME SORS ENCORE TON ALBUM DE PHOTOS ?

TADAAAN
6 FÉVRIER 1970 : NOBITA EST RENVERSÉ PAR UN CAMION.

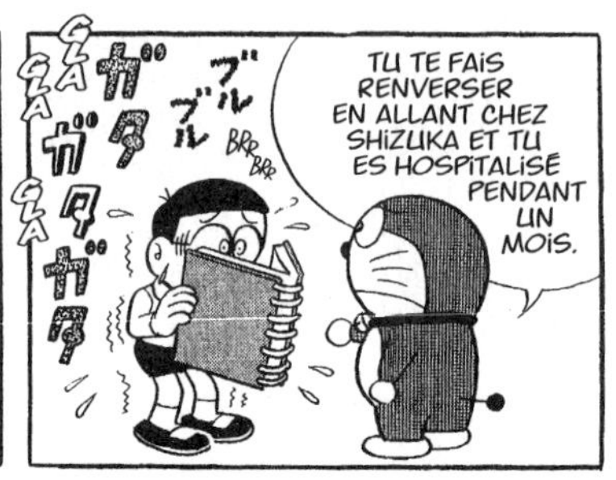
TU TE FAIS RENVERSER EN ALLANT CHEZ SHIZUKA ET TU ES HOSPITALISÉ PENDANT UN MOIS.
GLA GLA GLA
BRR BRR

SUITE À CET ACCIDENT, TU DEVIENS ENCORE PLUS BÊTE...
C'EST VRAI ?

IL VAUT MIEUX QUE TU RESTES ICI AUJOUR-D'HUI.
OUI.

SHIZUKA SERA SÛREMENT FÂCHÉE.

DRIING

C'EST SHIZUKA AU TÉLÉPHONE.
ZUT ! JE SUIS EMBÊTÉ.
JE VAIS REFUSER À TA PLACE.

ALLÔ ?
ON EST VRAIMENT NA-VRÉS ...

MAIS... C'EST QUE...
LAISSE-MOI PARLER...

OH ! UN MANGA TRÈS AMU-SANT ?

J'AI DIT QU'ON ARRIVAIT TOUT DE SUITE.
QUOI !?

UN DÉLICIEUX GÂTEAU ?

ALLEZ, JE SUIS AVEC TOI.
IL SUFFIT DE FAIRE ATTENTION.

ET MON ACCIDENT DE VOITURE ?
ON DOIT TENIR SES PROMESSES.

MERCI POUR TOUT CE QUE TU AS FAIT POUR MOI.

JE DOIS FAIRE MES ADIEUX.

POURQUOI DIS-TU ÇA ?
OÙ VAS-TU ?

MAIS ON NE SE REVERRA SÛREMENT PLUS.

J'AI ÉTÉ TRÈS HEUREUX AVEC TOI, MAMAN.

ARRÊTE, TU EN FAIS TROP !

CHEZ SHIZUKA.

SHIZUKA HABITE DE CE CÔTÉ.
CELUI-LÀ.
ON PREND QUEL CHEMIN ?

LA "TÉLÉ DU TEMPS" PROJETTE CE QUI NOUS ARRIVERA DANS DIX SECONDES.

SOYONS PRUDENTS !!!

DIX SECONDES PLUS TARD, ON EST LÀ-BAS.

ドカーン
BOUUUM
CRRRR キーッ

ON L'A ÉCHAPPÉ BELLE !

SAUVONS-NOUS ! C'EST LÀ QUE TU TE FAIS RENVERSER !

グシャ

ON EST TRANQUILLES MAINTENANT.
ON N'A QU'À FAIRE UN DÉTOUR.

BOUM
ゴデン

DÉSOLÉ, JE NE L'AI PAS VUE.
OUIIIN ! TU AS CASSÉ MA VOITURE !

JE CROIS QUE LE DANGER N'EST PAS ENCORE ÉCARTÉ.
OUI, J'EN AI PEUR.

C'EST UNE SORTE D'ACCIDENT DE VOITURE !

REGARDE AUSSI DERRIÈRE TOI !

HMM ? HMM ?
キョロ キョロ
MARCHE EN REGARDANT DEVANT TOI !

JE NE PEUX PAS REGARDER PARTOUT !
ON VA UTILISER LA "TÉLÉ DU TEMPS".

REGARDE DEVANT, JE TE DIS !

CETTE ROUTE EST BIEN DÉGAGÉE.
ON VERRA LA VOITURE VENIR DE LOIN.

BOUM
UN ACCIDENT !!!

ALLONS PAR ICI !

VROOOOM
ブロオ
ATTENTION !

PAR LÀ !

ATTENTION !!!
?

ON N'EST PAS OBLIGÉS DE PASSER PAR LA ROUTE.

J'AI UNE IDÉE !

ON A ESSAYÉ TOUS LES CHE-MINS !
C'EST EMBÊTANT.

ON N'A PAS LE CHOIX.

ON N'A RIEN À CRAINDRE SI ON PASSE PAR LES MAISONS.
ON NE PEUT PAS FAIRE ÇA !

DÉSOLÉ !

AAAAAM !
ギャー

J'AI L'IMPRESSION D'ÊTRE UN VOLEUR.
ARRÊTE DE TE PLAINDRE.

VROOOM
ブロロオ
POUSSE-TOI ! JE NE SAIS PAS M'ARRÊTER !
ELLE S'ENTRAÎNE À CONDUIRE DANS SON JARDIN !
ブロロオ
VROOOM

POUR-QUOi ?
ALORS VOUS ÊTES LÀ POUR ÉViTER LES VOiTURES ? VOUS ÊTES MAL TOMBÉS.

LES VOiTURES NE NOUS LÂCHENT PAS.
COMMENT AS-TU DEViNÉ ?

BOUM
ドカン

iL Y A SOUVENT DES ACCiDENTS.
CETTE MAiSON SE TROUVE DANS UN TOURNANT.

VOUS VOYEZ ?
あ 5678

iL Y A UN TRAJET QUi EST ABSOLUMENT SÛR !
J'Ai TROUVÉ !!!

AU... AU REVOiR !!

NOTALI SEDAN
LE NOUVEAU MODELE !!
BTAAAAM
ATTENTION !!!
NOTALI SEDAN
LE NOUVEAU MODELE !!
IL N'Y A PAS DE VOITURES, ICI.

J'AI BIEN FAIT DE VENIR VOUS VOIR.
SEWASHI !!!
SAUVE-NOUS !

TU ES BÊTE, DORAemon.
TU N'ARRIVES PAS À T'OCCUPER DE GRAND-PÈRE.
JE NE SUIS PAS BÊTE !
JE NE SUIS PAS UN GRAND-PÈRE !
IL SUFFIT D'Y ALLER EN "BAMBOU-COPTÈRE".

ÇA A ÉTÉ RAPIDE.

J'AI HONTE.

BOUUM

JE M'ENNUYAIS, ALORS J'AI INVITÉ MES PETITS VOISINS.

TU T'EN SORS PLUTÔT BIEN. TU AURAIS DÛ ÊTRE COMME ÇA !

TOUT SE TERMINE BIEN.

NON, PAS DU TOUT !!!

biscuitmorphoses

カパ

DES BISCUITS EN FORME D'ANIMAUX.

C'EST PARFAIT !
HOP
パク

MERCI D'AVOIR PATIENTE.

Les

ACHÈTE DE
VRAIS
GÂTEAUX !

TU AS
RAMENÉ
DES
BISCUITS ?
CE N'EST PAS
GRAVE, J'ADORE
LES BISCUITS.

?

JE
VOUDRAIS
ÇA...
MIAOU !

UN, DEUX,
TROIS...
LE
COMPTE
EST
BON.
MIAOU !

VOILÀ
LA
MONNAIE.

QU'EST-
CE
QU'IL
A ?
IL ME
REGARDE
BIZAR-
REMENT.

C'EST MON VISAGE !?

!

QUOI ?
TU AS MANGÉ UN BISCUIT ?

À L'AIDE !
DORAEMON !!!!

QU'EST-CE QUE JE VAIS DEVENIR ?
CE SONT DES BISCUIT-MORPHOSES ! IL NE FAUT PAS EN MANGER À LA LÉGÈRE !

L'EFFET APPARAIT QUELQUE TEMPS APRÈS EN AVOIR MANGÉ...

OUF !!
... ET DISPARAIT EN CINQ MINUTES.
PAF !

C'EST EMBÊTANT D'EN AVOIR DONNÉ À L'INVITÉ...
MAMAN VA ÊTRE FÂCHÉE.

IL EN A MANGÉ ?
JE NE SAIS PAS.

VOUS AVEZ MANGÉ LES BISCUITS ?
ドタバタ
BOUM BOUM

1, 2, 3... IL EN A MANGÉ QUATRE ! LE GOURMAND !
COMMENT VOUS SENTEZ-VOUS ?

QU'EST-CE QUI VOUS PREND ? SORTEZ !

ON NE PEUT PAS ARRÊTER LA MÉTAMORPHOSE ?
NON, C'EST IMPOSSIBLE.

HA HA HA !!
ホホホ
ヒヒン
ヒヒン
BRRR

!?

LE BISCUIT-CHEVAL FAIT SON EFFET.

ON DOIT VOUS PARLER.

MONSIEUR ! S'IL VOUS PLAIT !
?

PRENEZ VOTRE TEMPS. L'EFFET DISPARAITRA.
CHUT !

VOICI LES TOILETTES.
MERCI.

L'EFFET S'EST ESTOMPÉ. VOUS POUVEZ RETOURNER.

NOBITA ! ET LES GÂTEAUX ?
ILS SONT À L'ENTRÉE.

BEAUX GÂTEAUX. COCORICO !!!

OH ! QUELS BEAUX GÂTEAUX !
J'ESPÈRE QU'ILS VOUS PLAIRONT.

VITE ! AUX TOILETTES !!!
MONSIEUR !!
BAM BAM
ドタ バタ

C'EST LE BISCUIT-COQ.

IL Y A UN APPEL POUR VOUS !

ON DOIT FAIRE QUELQUE CHOSE !

ÇA SUFFIT MAINTENANT !

QUI EST À L'APPAREIL ?

DRIING

ÇA VA SONNER BIENTÔT.
?

HEIN ? QUOI ?
DE QUOI ?
JE NE COMPRENDS RIEN !

DISCUTONS UNE PETITE HEURE...
EUH... PEU IMPORTE...

PAF
パッ
TANT MiEUX !!!

NON ! L'EFFET N'A PAS...
C'EST UNE PLAiSANTERiE ! J'EN Ai RAS LE BOL !

KiKiKiKi
キキキッ
HAHAHAHA !!
ホホホ

AAH ! AAH !
ワ
ワ
NE REGARDE PAS !

JE SUiS CONFUSE.
VRAiMENT ?
JE VAiS VOUS LAiSSER.

COMMENT OSEZ-VOUS FAiRE ÇA À MON iNViTÉ !?

CROA
CROA

JE CROOOA QUE JE VAIS RENTRER.

IL EN RESTE ENCORE UN...
VOUS NE VOULEZ PAS RESTER ?

C'EST PAPA !
COUCOU !

JE N'OSE PAS RENTRER.
MAMAN EST SÛREMENT FÂCHÉE...

AH ! TU AS MANGÉ UN BISCUIT...

VOUS AVEZ FAIT DES BÊTISES ?

JE VAIS ARRANGER ÇA.

Un plan d'espionnage top secret

MAIS EN ÉCHANGE...

JE NE DIRAI RIEN...

QU'EST-CE QUE JE DOIS FAIRE ?
J'EN SAIS RIEN.

VOUS POUVEZ RENTRER.
JE RANGERAI LE RESTE TOUT SEUL.

SUNÉO, TU DOIS NOUS AIDER !
TU NOUS LAISSES TOUT FAIRE.

VOUS N'AIMEZ PAS RANGER, ALORS JE LE FERAI À VOTRE PLACE.

IL EST TROP SYMPA !
SUNÉO EST UN ANGE !

IL FAUT QUE CE SOIT PROPRE.

ÉCOLE
QUELLE CORVÉE !!

TU EN AS MIS DU TEMPS ! JE T'ATTENDAIS.

VA ACHETER 500 G DE VIANDE.

POURQUOI JE DEVRAIS...
À CAUSE DU VASE...

PORC
VIANDE

EH ! NOBITA !

VOUS VOULEZ QUE JE JOUE AU BASE-BALL ?
NON.

TU VEUX QUE J'AILLE CHERCHER LA BALLE DANS LES ÉGOUTS ?
DE-PÊCHE-TOI !

TU EXAGÈRES LÀ, ...
LE...
... VA...
... SE.

UNE SORTE D'INCANTATION...

C'EST QUOI, LE VASE ?

NOBITA, DONNE-MOI DES SOUS !
MOI AUSSI.
ET POURQUOI ?

NOBITA OBÉIT SI ON LUI DIT "LE VASE".
C'EST VRAI ?

IL EST VRAIMENT MÉCHANT !!!
QU'EST-CE QUE JE DOIS FAIRE ?

LE VASE !

À L'AIDE !
TU DOIS AUSSI NETTOYER MON JARDIN.

FAIS-MOI CONFIANCE !
JE VAIS TE SORTIR DE LÀ.

MERCI, DORAEMON !
TU ES MON SEUL ESPOIR.
IL N'Y A RIEN QUE JE NE PUISSE RÉSOUDRE.

ALLONS D'ABORD À L'ÉCOLE.

OÙ SE TROUVE LE VASE CASSÉ ?
DANS LA POUBELLE.

"LASER RECONSTRUCTEUR" !
ピカ
FLASH

CLING

TU N'AS PLUS RIEN À CRAINDRE.
OUAIS !

JE PEUX FAIRE MA SIESTE TRANQUILLEMENT.

JE DOIS NETTOYER LE JARDIN DE SUNÉO.

C'EST VRAI !

TU AS AUTRE CHOSE À FAIRE, NON ?

ÇA COMMENCE À M'ÉNERVER !

MAINTENANT QUE TU ME LE DIS...

TU ES TROP GENTIL ! ÇA NE T'ÉNERVE PAS QU'IL T'AIT FAIT ÇA ?

"LE KIT D'ESPION-NAGE"
C'EST QUOI, CE TRUC ?

GRRR

ON VA SE VENGER.
COM-MENT ?

POF
ポカ

ESPIONNE SUNÉO.

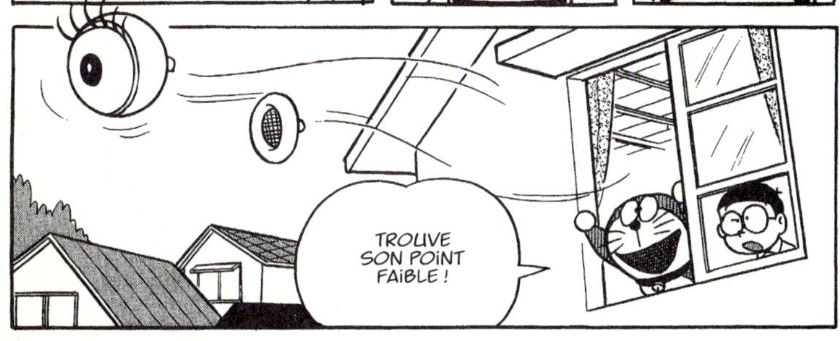
TROUVE SON POINT FAIBLE !

CE QUE VOIT CET ŒIL...
... APPARAÎT À L'ÉCRAN.
CLIC

VOILÀ !

OUAF
ワン ワン ワン
OUAF

À L'ANGLE, TOURNE À DROITE.

OH !

QU'EST-CE QUE C'EST ?
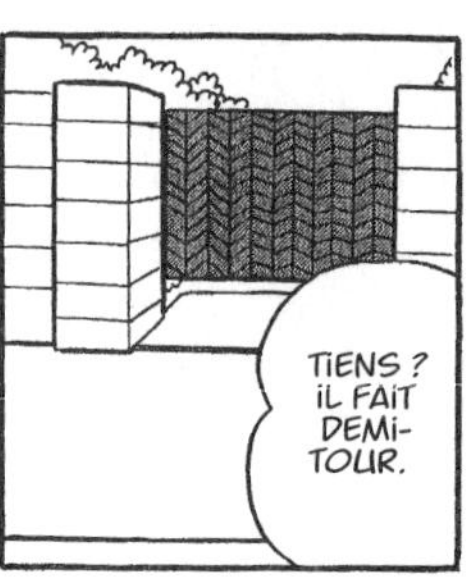
TIENS ? IL FAIT DEMI-TOUR.

NON !

RAMAS-SONS-LA !

TIENS, C'EST SUNÉO !

ON DOIT D'ABORD SE VENGER.

COUCOU, C'EST MOI !

LE MENTEUR !!!
ON DÉVOI-LERA TOUT PLUS TARD.

J'AI NETTOYÉ LA CLASSE TOUT SEUL.
SUNÉO, JE SUIS FIÈRE DE TOI.

JE VAIS ÉTUDIER.
C'EST TRÈS BIEN.

IL REGARDE LE MIROIR DEPUIS 30 MINUTES...
QU'EST-CE QU'IL FAIT ?

... EST FAIT POUR MOI.
RÊVEUR

LE MOT "BEAUTÉ"...

JE NE ME LASSE PAS DE ME CONTEMPLER.

VRAIMENT...

UN JOUR, TOUT LE MONDE L'ADMETTRA !

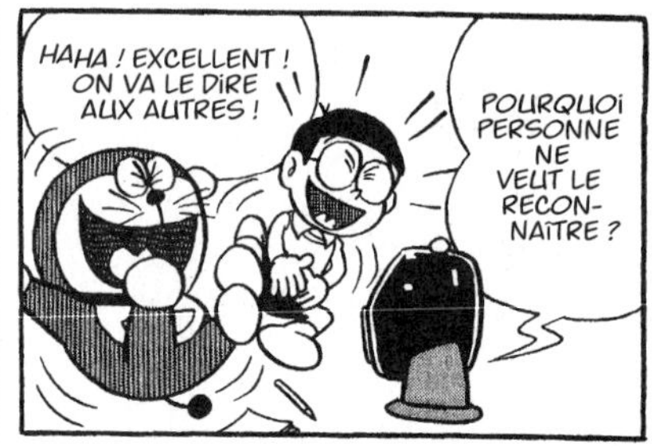
POURQUOI PERSONNE NE VEUT LE RECONNAÎTRE ?
HAHA ! EXCELLENT ! ON VA LE DIRE AUX AUTRES !

J'AI PAS ENVIE DE FAIRE MES DEVOIRS.

TIENS ? IL VEUT TRAVAILLER ?

GRR ! IL ME PREND VRAIMENT POUR SON ESCLAVE !
IL VA VOIR !

NOBITA LES FERA CE SOIR.

SI ON LUI DIT QU'ON VA TOUT RÉVÉLER, IL VA AVOIR PEUR.
NON, ÇA NE SUFFIT PAS !

IL S'EST ENDORMI.

GRRR
ZZZ

IL NOUS FAUT UNE FAIBLESSE FATALE !

QU'EST-CE QUI SE PASSE ?

OH NON !!!

SANS CE DÉFAUT, TU SERAIS UN GARÇON EXEMPLAIRE.

JE TE L'AI DÉJÀ DIT CENT FOIS ! METS UNE COUCHE-CULOTTE QUAND TU DORS !

SI ON RACONTE ÇA, SUNÉO N'OSERA PLUS SORTIR DE CHEZ LUI.
ÇA, C'EST FATAL !

NOBITA !
VIENS CHEZ
MOI !

JE VAIS ME
DÉFOULER
SUR
NOBITA.

JE SUIS
ÉNERVÉ !!

TU AS
OUBLIÉ
POUR LE
VASE ?
"LE
VASE"
!!!

DIS-LUI
QU'IL N'A QU'À
VENIR ICI.
HAHA !
TU PLAISANTES ?

JE VAIS MONTRER
LE VASE BRISÉ
AU MAÎTRE !

CLING
ガチャ

LE VASE ?
DE QUOI TU
PARLES ?

MAIS... C'EST
IMPOSSIBLE...

QUOIIII ?

VLAM
ガチャ

ON A TOUT VU !

C'EST NOBITA QUI L'A CASSÉ !
LE MOT "BEAUTÉ"...
UNE COUCHE POUR DORMIR...

PITIÉ, NE LE DITES À PERSONNE !!!
FAIS MES DEVOIRS.

ET POUR-QUOI ?
QU'EST-CE QU'ON VA BIEN POUVOIR TE DEMANDER ?

LE VASE ! LA COUCHE !
JE VAIS LES FAIRE.

VOUS VOULEZ VOIR ?
C'EST LA VÉRITÉ ! NOBITA T'OBÉIT SI TU LUI DIS "LE VASE".
JE NE TE CROIS PAS !
NON !

?
METS-TOI EN SLIP, FAIS LE POIRIER ET ABOIE !

EH ! NOBITA !

POURQUOI JE FERAIS ÇA ?

LE VASE... "LE VASE" !
ギク
BRR

ワン
ワン
ワン

Méli-mélo

À L'AIDE, DORAEMON !
COMMENT AS-TU OSÉ SORTIR EN CACHETTE ?

TU N'ÉCOUTES JAMAIS CE QUE JE DIS !
TU AS TOUJOURS UNE BONNE RAISON.

JE T'AI JUSTE DEMANDÉ DE RANGER TA CHAMBRE.

JE DOIS ALLER CHEZ SHIZUKA ! JE RANGERAI APRÈS.

TU JOUES DE LA FLÛTE ALORS QUE JE ME FAIS GRONDER ?

BLA
ガミ
ガミ
ガミ
BLA BLA

?

FUUUIT

?
TU AS BIEN FAIT DE NE PAS ÉCOUTER CE QUE J'AI DIT.

NOBITA, TU ES ADMIRABLE.

QU'EST-CE QUE ÇA VEUT DIRE ?

NE T'INQUIÈTE PAS POUR LE RANGEMENT. VA T'AMUSER.

C'EST LA FLÛTE "MÉLI-MÉLO" !
LA MÉLODIE DE LA FLÛTE JOUE SUR LES NERFS...
... ET ON FAIT L'INVERSE DE CE QU'ON A ENVIE DE FAIRE.

JE PEUX ALLER JOUER.

GRÂCE À CETTE FLÛTE, JE NE ME FERAI PLUS GRONDER !

JE VOIS ! MAMAN VOULAIT ME GRONDER, ALORS ELLE M'A FÉLICITÉ.

MAIS... MAIS...
TAP TAP

ARRÊTE ! JE DOIS ALLER CHEZ SHIZUKA...

PRÊTE-LA-MOI.

... ÇA VA VITE.
TU VOIS QUAND TU T'Y METS...

FUUUIT

JE VAIS PRENDRE UN BAIN.
ET TOI, QUE VAS-TU FAIRE ?

NOOON ! ARRÊTE !

TU FAIS VRAIMENT L'INVERSE DE CE QUE TU AS DIT !

SPLASH

UNE FLÛTE AUSSI AMUSANTE...
... C'EST DOMMAGE DE NE PAS L'UTILISER.

DÉSOLÉ.
JE NE TE LE PARDONNERAI PAS !!

QUEL BEAU KIMONO, MADAME.
PAS AUTANT QUE LE VÔTRE.

CE N'EST QU'UN KIMONO D'OCCASION !
VOUS, VOUS PORTEZ TOUJOURS LE MÊME !

LAISSE-MOI ESSAYER...
... MA NOUVELLE BATTE !
AU SECOURS !!!

JE TE DONNE MA BATTE.
FRAPPE-MOI.
?

SURTOUT PAS UN MOT !
IL PENSERA QUE VOUS N'ÊTES PAS LÀ ET REPARTIRA.

SHIZUKA !
J'AI UN TRUC À TE MONTRER !

QUELQU'UN ARRIVE !
ZUT !

FUHUT

IL TRAÎNE ENCORE DANS L'ENTRÉE.
IL VA VOIR !

VEUX-TU DU THÉ ?

ENTRE, JE T'EN PRIE.

C'EST VRAI, ÇA ! JE SUIS UN VOLEUR.

C'EST UN VOLEUR !!!

... ET TOUT CE QUE J'AI.

JE TE DONNE MON ARGENT...

FUUUIT

AAAAH !
ワ
SALE MIOCHE !!!

ZUT ! ELLE S'EST BOUCHÉE !
ズ

ATTRAPEZ-MOI !
18

COMMENT AS-TU OSE M'OBÉIR ?

ピシャ

CRUNCH
CRUNCH

ムシャムシャ

ピシャ

CRR
CRR
ギイ
ギイ
ガサ
ガサ
KST
VECTOR

Le concours d'antiquités

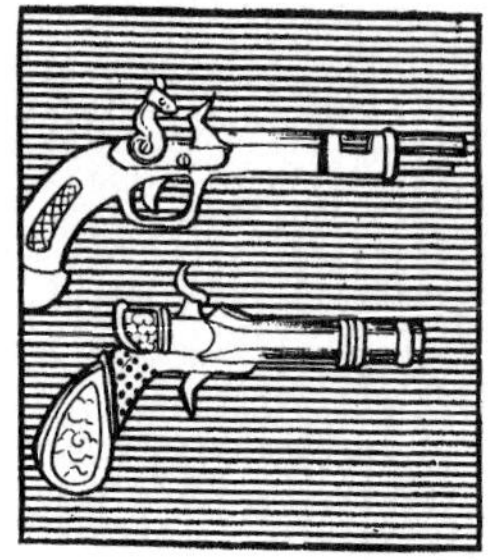

POURQUOI TU COLLECTIONNES CES VIEILLERIES ?
HAHA ! TU NE PEUX PAS COMPRENDRE LE BON GOÛT !

QUAND ON A TOUT CHEZ SOI...

... VOITURE, MICRO-ONDES, CLIMATISATION...

... ON A LA NOSTALGIE DES VIEILLES CHOSES.

TU N'AS RIEN DE VIEUX CHEZ TOI.
SI ! ON A UNE TÉLÉ QUI A DIX ANS !

POUAHAHAHA !!!

TU VEUX DES CHOSES ANCIENNES ?
C'EST IMPOSSIBLE, NON ?

AU 22e SIÈCLE, C'EST LA MODE DES ANTIQUITÉS. APPELONS UN BROCANTEUR PAR ONDES ÉLECTRIQUES.

ACHETER, C'EST CHER, ALORS FAISONS DU TROC.

ON TROQUE MA RADIO ?
D'ACCORD.

ON VA L'APPELER AVEC ÇA.

MONSIEUR LE BROCANTEUR ? TRANSFORMEZ UNE RADIO DE 1974 EN UN PLUS VIEUX MODÈLE.

ENTENDU. UN INSTANT JE VOUS PRIE.

C'EST QUOI ?
C'EST L'ANCÊTRE DE LA RADIO.

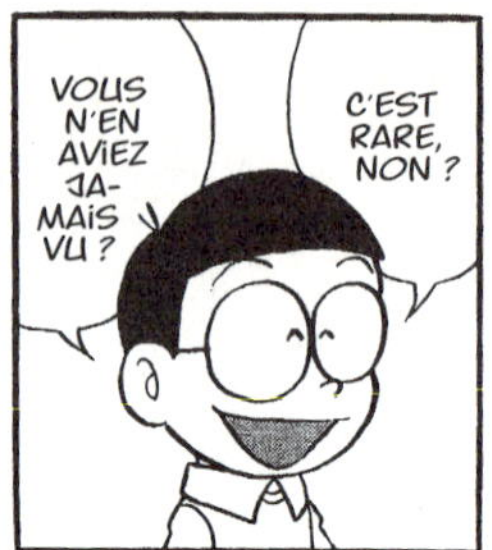
VOUS N'EN AVIEZ JAMAIS VU ?
C'EST RARE, NON ?

ON ENTEND BIEN !

J'AI MIEUX CHEZ MOI.

MOI AUSSI !

PFT !! CE N'EST PAS INTÉRESSANT !
APRÈS, C'EST MOI !
À MON TOUR D'ÉCOUTER !

IL N'EST PAS LÀ...

DORAEMON, J'AI BESOIN D'OBJETS ENCORE PLUS VIEUX !!!

JE VOUDRAIS FAIRE UN TROC.
QUE VOULEZ-VOUS ÉCHANGER ?

ALLÔ, MONSIEUR LE BROCANTEUR ?
OUI, BONJOUR.

JE VAIS UTILISER CE TRUC.

JE VOUS LAISSE FAIRE, ÉCHANGEZ TOUT !
PLUS C'EST VIEUX, MIEUX C'EST.
CE N'EST PAS SI FACILE.

EUH...
HMM
キョロ
キョロ

J'AI HÂTE DE VOIR CE QUI VA APPARAITRE.

BEAUCOUP DE CLIENTS VEULENT DES ANTIQUITÉS ET NOUS COMMENÇONS À EN MANQUER.
JE PROCÉDERAI AUX ÉCHANGES QUAND J'AURAI TROUVÉ LES OBJETS.
MERCI.

JE VAIS LE MONTRER AUX AUTRES.

EFFECTIVEMENT...
... C'EST VIEUX.

ピュッ
SWIP

OH ! DES SANDALES DE PAILLE.

CE N'EST PAS SI RARE...

REGARDEZ CE QUE JE VOUS APPORTE.
GÉNIAL !

JE VEUX QUELQUE CHOSE D'INCROYABLE.

J'AI CE QU'IL VOUS FAUT.
ピュン

C'EST INCROYABLE !
IL A MILLE ANS.

ピュン
CONTI-
NUEZ !

C'EST
L'ÂGE
DE LA
PIERRE.

C'EST
DE
PLUS
EN PLUS
VIEUX.
JE ME
DEMANDE CE
QUI VIENDRA
APRÈS.

ピュン

AAAAAH !
C'EST
TROP
VIEUX !

ARRETEZ !!
J'AI
HÂTE DE
VOIR LA
SUI-
TE.
JE VAIS AUSSI
ÉCHANGER VOS
MEUBLES.

ゴトゴト

ピュン
SWIP

...
ジャブジャブ

?
?
?

EST-CE QUE JE RÊVE ?

ゴシゴシ

JE VOIS UNE BASSINE À LA PLACE DE LA MACHINE À LAVER !
J'AI PEUT-ÊTRE DE LA FIÈVRE.

ピュン
SWIP

ピュ

UN MÉDI-CA-MENT ...

AAAAAAAH !

TIC TAC

JE NE VAIS PAS BIEN, TU PEUX RENTRER ?

ALLÔ, CHÉRI ?
ピュ〜ン

HEIN ?

COUCOU, C'EST MOI !
J'AI UNE DE CES SOIFS !

JE SAIS !!!

QU'EST-CE QUI SE PASSE ?
QUOI ?

HM ? IL N'EST PAS LÀ.
JE DOIS ARRÊTER CES CHANGEMENTS AVEC "LE TRANSMETTEUR TEMPOREL".

NOBITA !
TU NE DOIS PAS PASSER COMMANDE TOUT SEUL !

OÙ EST-IL PASSÉ ? C'EST EMBÊTANT.

NOBITA L'A SÛREMENT PRIS.

IL N'Y A PERSONNE.
VITE, À LA MAISON !

HM ?
キョロ
キョロ
HM ?

ATCHOUM
ハクション

ATTENDS !

OH !

QU'EST-CE QUE ÇA VEUT DIRE ?

LA POLICE

ピュ
IL EST INTERDIT DE MARCHER NU DANS LA RUE !

POLICE ! POLICE !
LA POLICE

ピュウ
SWiP

OÙ EST NOTRE VOITURE ?

DORAeMON !!

PAR iCi !

OÙ AS-TU LAiSSÉ "LE TRANSMETTEUR TEMPOREL" ?
EUH...

NOUS DEVONS LE RETROU-VER.

iL PLEUT !

ELLE DIT AVOIR L'IMPRESSION DE VIVRE DANS LE PASSÉ.
ÇA M'INQUIÈTE, JE VAIS RENTRER.

MOI AUSSI, JE DÉBLOQUE.

?

DES SILEX À LA PLACE DE MON BRIQUET !

UNE PIPE ?

CALME-TOI !
JE VAIS FUMER UNE CIGARETTE...

MA MAISON ÉTAIT PAR ICI POURTANT...
HM ?

C'EST BIZARRE ! AU SECOURS !

ELLE EST ICI.
AAAAH !

FINALEMENT, ON PRÉFÈRE COMME C'ÉTAIT AVANT.

JE NE ME SENS PAS À L'AISE...

Le criquet des aveux

ÇA NE VA PAS !?
C'EST DANGEREUX DE JOUER AU FOOT DANS LA RUE !

C'EST MOI QUI AI TIRÉ MAIS LE BALLON EST À TOI !

EXCUSE-TOI DE M'AVOIR JETÉ LE BALLON !

... MAIS GIANT A VOULU JOUER DANS LA RUE.

JE VOULAIS ALLER JOUER AU STADE DE L'ÉCOLE...

MAIS C'EST TOI QUI AS VOULU JOUER AU FOOT.

FINA-LEMENT...
EH ! ATTEN-DEZ !

MOi, JE L'AURAiS ESQUiVÉ !

OUAiS ! MOi, JE L'AURAiS ÉViTÉ.

C'EST NOBiTA QUi AURAiT DÛ ÉViTER LE BALLON.

TU N'AVAiS PAS BESOiN DE RÊVASSER.
C'EST DE TA FAUTE.

MOi, J'AURAiS SHOOTÉ.

MÊME PAS UN PETiT MOT D'EXCUSE...

C'EST VRAi, ÇA !?

ALORS LÀ !!

ILS VONT LE PAYER !
TU VAS SORTIR UN MÉGA-TRUC ?

C'EST QUOI ?

"LE CRIQUET DES AVEUX" !

QUAND IL ENTRE EN TOI, TU AVOUES TES MÉFAITS ET TU PRÉSENTES TES EXCUSES.

POF
スポッ

C'EST DE MA FAUTE. JE N'AURAIS PAS DÛ PRENDRE LE BALLON EN PLEIN VISAGE.
PARDON
ÇA NE SERT À RIEN SI C'EST TOI QUI PRÉSENTES TES EXCUSES.

POIVRE
ATCHOUM !

AVEC ÇA, ILS VONT TOUS S'EXÉCUTER.

VAS-Y !

TU NE VEUX PAS DEMANDER PARDON ?
MÊME UN PETIT PEU ?
NON.

BTAM
ペタ

POF

JE T'EN PRIE, FRAPPE-MOI !!!

JE FAIS QUOI ?
VAS-Y, IL TE SUPPLIE...

QU'EST-CE QUE JE SUIS MÉCHANT !
OUIIIIIN !!!
L'ESSENTIEL, C'EST DE LE RECONNAÎTRE.

VRAIMENT ?
FRAPPE-MOI PLUS SÉRIEUSEMENT !

ピタン
CLAC

J'AI MAL AUX MAINS.
FRAPPE-MOI SINON MA FAUTE NE S'EFFACERA PAS.

ボカ
ボカ
BAM BAM

VAS-Y !!
HAHAHAHA !!!
MOI, PRÉSENTER DES EXCUSES ?

AU SUIVANT !!!

TU TE SENS COUPABLE ?
SNIF... SNIF...

POF
スポ

BAM BAM
ドスドス

BOUM BOUM
ドカドカ

CE N'EST PAS ASSEZ !

ALLONS, DU CALME !
N'EXAGÈRE PAS.

FRAPPE-MOI AVEC ÇA !!!
ÇA VA LE TUER !

VAS-Y, FRAPPE !

TU REFUSES ALORS QUE JE TE SUPPLIE ?

VLAM
ドカーン

HOULÀ LÀ!
ヨロヨロ
ATTEN-TION !

DÉSOLÉ.

AAAH!
ILS S'ÉPARPILLENT À TRAVERS TOUTE LA VILLE.

AAAAH...!!
POURQUOI...

... SUIS-JE...
... AUSSI...

... MAU-VAISE ?
SNIF ! SNIF !

NON, C'EST MA FAUTE !
NON ! C'EST LA MIENNE !
C'EST MA FAUTE !
C'EST EMBÊTANT.
MIDORI
MATSUBA
TABAC

ON VA DÉVERSER DU POIVRE ET LES RÉCUPÉRER UN À UN.

J'AI PERDU LE POIVRE.

ALLONS EN ACHETER.
NOUILLES
CADEAUX

DU POIVRE, S'IL VOUS PLAÎT.
JE VOUS EN PRIE, SORTEZ.
SKIM MILK

ON VEUT DU POIVRE !
JE SUIS SI MÉCHANT QUE JE N'OSE PAS ME MONTRER.

JE COMPTE FERMER LA BOUTIQUE ET M'ENFUIR DANS LA NUIT.
ALLONS EN CHERCHER À LA MAISON.

AAAAH !

ATTENTION !
C'EST TADASHI, LE PREMIER DE LA CLASSE !

LAISSEZ-MOI ! UN SCÉLÉRAT COMME MOI NE MÉRITE PAS DE VIVRE.
HAHA ! TOI, UN SCÉLÉRAT ?
TOI QUI ES SI SAGE ET SI STUDIEUX ?

JE TRICHE À CHAQUE CONTRÔLE.
QUOI ?

CE N'EST PAS UNE RAISON POUR MOURIR.
MOI AUSSI, J'AI DÉJÀ TRICHÉ.

J'AI FAIT BIEN PIRE.

iL A FAIT PAS MAL DE BÊTiSES.
IMBÉCILE

Si TU LUi AVOUES TOUT ÇA, iL VA TE MASSACRER.

GiANT ! JE DOiS TE DEMANDER PARDON.

RiEN QUE D'Y PENSER, J'EN Ai FROiD DANS LE DOS !
COMPARÉ À MES MÉFAiTS...

QUOi ? MAiS CE N'EST RiEN DU TOUT.

JE SUiS DÉBORDÉ !

ViTE, JE DOiS ALLER PRÉSENTER DES EXCUSES.

NE M'ARRÊTE PAS POUR SI PEU !

JE VOUDRAIS DEMANDER PARDON !

PERSONNE NE VEUT M'ÉCOUTER !

JE DOIS PRÉSENTER DES EXCUSES AUPRÈS DE 183 PERSONNES.
JE SUIS TRÈS OCCUPÉ.

JE LE RETIENS ! VA VITE CHERCHER DU POIVRE !

JE VAIS MOURIR.

N'ESSAIE PAS DE ME RETENIR !

AAAH!!

J'AI 45 VOLS À MON ACTIF. ET JE VOULAIS ENCORE CAMBRIOLER CETTE MAISON. JE DOIS MOURIR.
EUH... JE VOUS COM-PRENDS MAIS...

POURQUOI NE PAS VOUS LIVRER À LA POLICE ?

C'EST UNE BON-NE IDÉE.
CONDUIS-MOI LÀ-BAS.

BONJOUR !
SÉCURITÉ ROUTIÈRE
VOUS AVEZ DE LA VISITE !

IL N'Y A PERSON-NE ?
ILS ONT LAISSÉ LA PORTE OUVERTE. UN VOLEUR POURRAIT RENTRER.

IL EST ENFER-MÉ !
QUI A PU FAIRE ÇA ?

JE SUIS UN MALFAITEUR. JE ME SUIS ENFERMÉ MOI-MÊME.

MA VÉRITABLE IDENTITÉ EST GOEMON ISHIKAWA...
... "L'HOMME AUX VINGT VISAGES".

VITE ! DU POIVRE !

LA GUERRE DU VIETNAM, LE SMOG PHOTOCHIMIQUE, L'INFLATION... TOUT EST DE MA FAUTE.
C'EST DE PIRE EN PIRE.

JE T'AI DIT QUE JE RENTRAIS TARD À CAUSE DU TRAVAIL MAIS JE JOUAIS AU MAH-JONG...
MOI, J'AI ACHETÉ ÇA EN SECRET...

ATCHOUM

TU M'AS MENTI ?
POURQUOI AS-TU ACHETÉ ÇA ?
J'AI PEUR DE FAIRE REVENIR LES AUTRES À EUX !

VOUS ÊTES REVENUS À VOUS ?

Courage, mon aïeul !

PROS-TERNEZ-VOUS !!

OUI, SIRE !

POURQUOI DOIT-ON SE PROSTERNER DEVANT DES SABRES ?
C'EST LE TRÉSOR DE MA FAMILLE. UN SEIGNEUR L'A OFFERT À MON AÏEUL.

TON AÏEUL ÉTAIT UN SAMOURAÏ ?

IL ÉTAIT TRÈS FORT.
IL A SAUVÉ LA VIE DE SON SEI-GNEUR.

ET DEPUIS, DES MEMBRES DE NOTRE FAMILLE ONT TOUJOURS ÉTÉ CON-SEIL-LERS DU SEIGNEUR.

CONSEILLER EST UN TRÈS HAUT GRADE.
SUNEO N'A PAS À S'EN VANTER.
IL A DIT : "JE NE SUIS PAS COMME VOUS !"

...JE CROIS QU'IL CHASSAIT DANS LA MONTAGNE.

QUI ÉTAIT NOTRE AÏEUL ?
JE NE SUIS PAS SÛR MAIS...

IL VIVAIT DE LA CHASSE.
CE N'EST PAS RELUISANT !

MON AÏEUL...

PAS QUESTION DE PERDRE CONTRE LUI !

ALLONS VOIR TON AÏEUL AVEC LA "MACHINE DU TEMPS" !

ON EN FERA UN CONSEILLER OU UN SEIGNEUR !
HEIN ?

* GÉNÉRAL CÉLÈBRE.

iL VIT DANS UN ENDROIT AUSSI RECULE ?
OUi, iL EST CHASSEUR.
FSHT

UN BLAIREAU GÉANT ! C'EST LA 1re FOIS QUE J'ATTEINS UNE CIBLE !
JE NE SUIS PAS UN BLAIREAU !

DÉSOLÉ.
JE SUIS MYOPE.
C'EST LUI ?
J'EN SAIS RIEN.

TU AS DE LA CHANCE QUE JE SOIS UN ROBOT !

JE SUIS NOBISAKU LE CHASSEUR.
IL N'A PAS L'AIR BRILLANT.

UN SANGLIER ! SAUVE QUI PEUT !!!

CLAP CLAP

ATTRAPE-LE SI TU ES UN CHASSEUR !
JE NE CHASSE QUE LES OISEAUX, LES LIÈVRES OU LES SOURIS.
BRRRR

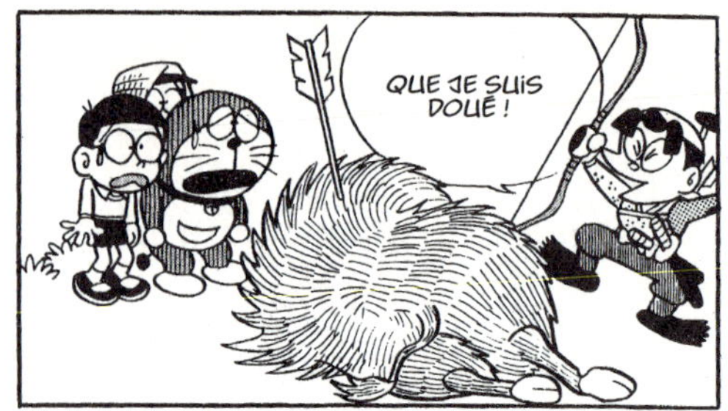
QUE JE SUIS DOUÉ !

BRRR !

INSOLENT !!!
AAAH !

ON DIRAIT SUNÉO !!!

ATTENTION, C'EST UN SAMOURAÏ !
PRÉSENTEZ VOS EXCUSES OU IL VOUS COUPERA LA TÊTE.
JE LA LEUR COUPERAI DE TOUTE FAÇON !

SUNÉ-MARU, NOUS PARTONS AU COMBAT.
ENFIN ! ON VA SE BATTRE !

ON VA MONTRER NOTRE COURAGE AU SEIGNEUR ET IL NOUS RÉCOMPENSERA.

PÈRE, JE FERAI DE MON MIEUX.
OUI, JE COMPTE SUR TOI.

MOI ? ALLER À LA GUERRE ?
OUI, POUR AVOIR UNE PROMOTION.

ILS EN JETTENT, LES SAMOURAÏS ...
IL NE SUFFIT PAS D'ÊTRE ADMIRATIF.

UN VRAI POLTRON !

J'AI UNE IDÉE !!!

NON ! JE N'AIME PAS CE QUI FAIT PEUR.
IL S'EST ENFERMÉ CHEZ LUI.

NON ! J'AI PEUR !

TU N'AS QU'À BRILLER AU COMBAT EN TE FAISANT PASSER POUR LUI.

IL A LE MÊME VISAGE QUE TOI...

C'EST LA GUERRE !

TU VEUX PERDRE CONTRE SUNÉO ?

JE SUIS LE PLUS FORT DU VILLAGE.

PRÊTE-MOI TON ARMURE.
T'ES FOU ?
JE DOIS PROUVER DE QUOI JE SUIS CAPABLE.

JE VAIS VOUS MONTRER.
RAAAAAH !!!
CLING CLING
バ
バラ
バラ

MES BILLES SONT TOMBÉES.

WAOUH!!!

QUE C'EST BEAU !

C'EST SÛREMENT UN TRÉSOR.
ÉCHANGE-LES-MOI CONTRE MON ARMURE.
NON, CE SONT DES...

JE TE DONNE TOUT.

JE N'AI PAS L'AIR DE QUELQU'UN D'IMPORTANT.
NORMAL, TU NE L'ES PAS ENCORE !

RAAAH
RAAAH
GOOOO
GOOOO
RAAAH

ILS SE BATTENT.
C'EST IM-PRESSION-NANT.

VAS-Y !

AAAAH !
グサ
グサ

"BAM-BOU-COP-TÈRE" !!!

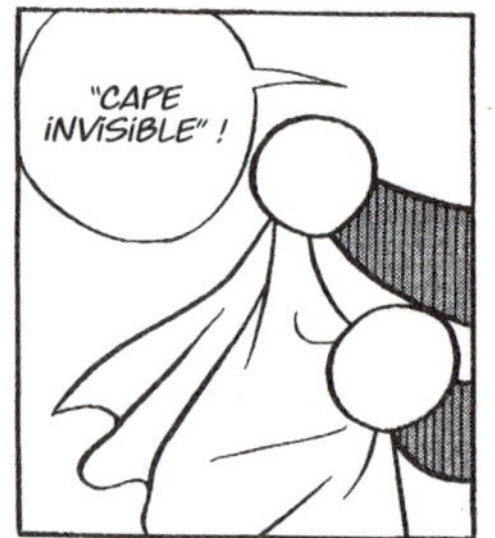
"CAPE INVISIBLE" !

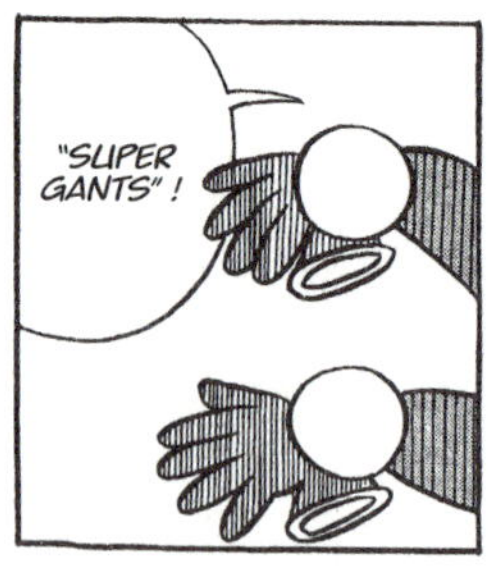
"SUPER GANTS" !

MAINTENANT, TU NE CRAINS PLUS RIEN.
JE ME BATS CONTRE QUI ?

COMME TU VEUX.
JE VEUX AIDER LES JUSTES.

SI ON ATTRAPE UN SEIGNEUR ET QU'ON LE LIVRE AU CAMP ADVERSE, LE COMBAT EST FINI.
C'EST TOUT ?

CHACUN PENSE QU'IL EST DANS SON BON DROIT.
C'EST ÇA, LA GUERRE.

JE VAIS M'EFFACER.

C'EST LE SEIGNEUR.

スゥ

ET JE L'AMÈNE AU CAMP ADVERSE.
UN ENNEMI !

J'AI PRIS AUSSI UN OTAGE.
SUNE-MARU !

BRAVO ! JE TE DONNE TA RÉCOMPENSE !

QU'ON LEUR COUPE LA TÊTE !

VOUS N'ALLEZ PAS LES TUER, LES PAUVRES.
COM-MENT ? TU OSES ME CONTRE-DIRE ?

COUPEZ-LUI LA TÊTE !

ET PUIS QUOI ENCORE !

GRR-RR
メリメリ
CRAC

J'ARRIiiiiVE !

JE VAIS M'ALLIER AU CAMP ADVERSE.

ATTENDEZ, JE REVIENS.

ZUT ! J'AI DES DEVOIRS DE MATHS À FAIRE !
÷ +
= −
×

À TOI DE JOUER. AVEC CES OUTILS, TU FERAS DES PROUESSES.
IL A RAISON ! PRENDS SA PLACE !

NOTRE AÏEUL VA DEVENIR CONSEILLER.

TU DIRAS QUE C'EST TOI QUI AS SAUVÉ LE SEIGNEUR ET SUNÉMARU.

OU MÊME UN SEIGNEUR !
RENTRONS À LA MAISON POUR VOIR LE CHANGEMENT.

C'EST ÉTRANGE, REGARDONS LA "TÉLÉ DU TEMPS".
RIEN N'A CHANGÉ.

NOTRE AÏEUL ÉTAIT UN SEIGNEUR ?
JE T'AI DÉJÀ DIT QU'IL ÉTAIT CHASSEUR.

QUE FAIT NOTRE AÏEUL ?

JE VOUS AI SAUVÉ, MON SEIGNEUR.

YOUPI ! C'EST LA 1re FOIS QUE J'ATTRAPE UN SANGLIER !
IL EST IRRÉ-CUPÉRABLE.

La chasse à l'ombre
VENEZ M'AIDER À ARRACHER LES MAUVAISES HERBES !

IL FAIT TROP CHAUD !
JE T'AIDERAI QUAND IL FERA PLUS FRAIS.
QUAND EST-CE QU'IL FERA PLUS FRAIS ?
EN NOVEMBRE.

IL S'EST FÂCHÉ.
C'EST NORMAL.

TU N'AS PAS UNE MACHINE QUI ARRACHE LES MAUVAISES HERBES ?
NON, ÇA N'EXISTE PAS.

SI JE SORS PAR UN TEMPS PAREIL...
... J'ATTRAPERAI UNE INSOLATION.

PAPA NE M'AIME PAS...

JE SAIS !
J'AI SÛREMENT ÉTÉ ADOPTÉ.

OÙ SONT MES VRAIS PARENTS ?
N'IMPORTE QUOI !

BON, JE VAIS TE PRÊTER QUELQUE CHOSE...

PROMETS-MOI DE NE L'UTILISER QUE 30 MINUTES.
30 MINUTES, ÇA SUFFIT POUR LES MAUVAISES HERBES.

TIENS-TOI DEBOUT EN PLEIN SOLEIL.
COMME ÇA ?

FSHHH
ムクムク

?
CLIC CLIC
チョキチョキ

NE BOUGE PAS.

TAC
セッセ セッセ
TAC

MON OMBRE BOUGE TOUTE SEULE.
ARRACHE LES MAUVAISES HERBES EN 30 MINUTES.

JE VAIS POUVOIR FAIRE LA SIESTE.
JUSTE 30 MINUTES.

TU AS BRONZÉ EN TRAVAILLANT.
C'EST BIEN.

SI TU NE TE RÉAPPROPRIES PAS TON OMBRE DANS 30 MINUTES, CE SERA TERRIBLE.
J'AI COMPRIS !!

TU AS FINI ? IL NE S'EST ÉCOULÉ QUE 10 MINUTES.

J'AI SOIF. APPORTE-MOI UN COCA.

ÉVENTE-MOI.
PAS DE GÊNE À AVOIR, JE ME DONNE DES ORDRES À MOI-MÊME !

TÉLÉ-PHONE !

ALLÔ, NOBITA ?
C'EST TOI ?
POURRAIS-JE PARLER À NOBITA ?

POURQUOI VOUS NE DITES RIEN ?
TU NE SAIS PAS PARLER ?

AH, C'EST TOI ! LE LIVRE QUE TU M'AS PRÊTÉ ?
DÉSOLÉ... OUI, ÇA FAIT LONGTEMPS.
JE VAIS TE LE RAPPORTER.

ÇA VA BIENTÔT FAIRE TRENTE MINUTES.

BON COURAGE !!!

ELLE VA REVENIR BIENTÔT, C'EST JUSTE À CÔTE.
C'EST TERRIBLE !!!
TU LUI AS FAIT FAIRE UNE COURSE ?

POURQUOI CHIPOTER POUR 5 MINUTES ?

TU EXAGÈRES.
PEUT-ÊTRE QU'IL EST DÉJÀ TROP TARD...

ELLE NE REVIENT PAS.
GRRGRR
ソワソワ

QUOI !?
ELLE VA PRENDRE TA PLACE ET TOI TU VAS DEVENIR SON OMBRE !

PLUS LE TEMPS PASSE, PLUS ELLE DEVIENT INTELLIGENTE ET MOINS ELLE A ENVIE D'ÊTRE TON OMBRE.

VITE, IL FAUT LA RECOLLER.

C'EST L'HEURE DU GOÛTER !
NOBITA ! DORAEMON !!!

TAP

ELLE EST PARTIE IL Y A LONGTEMPS ?

OH NON ! JE NE VEUX PAS !
APRÈS DEUX HEURES, L'OMBRE PREND NATURELLEMENT LA PLACE DE L'ORIGINAL.

ELLE S'EST CACHÉE POUR GAGNER DU TEMPS.

AH !

C'EST DÉGOÛTANT ! VOUS AVEZ GOÛTÉ PENDANT QUE JE N'ÉTAIS PAS LÀ !
LES PASTÈQUES NE SONT PAS NOTRE PRIORITÉ !

クルッ

NON ! JE NE LES AI PAS MANGÉES !

MAIS J'AI BIEN VU TON OMBRE...
MON OMBRE !?

ELLE EST DANS LA MAISON !
JE T'EXPLIQUERAI PLUS TARD.

AAH !!

QU'EST-CE QU'IL Y A ?

REGARDE-TOI ! TU ES TOUT GRIS !

TU COMMENCES À DEVENIR UNE OMBRE !
BRRR

OÙ PEUT-ELLE BIEN ÊTRE ?

MON OMBRE PARLE !
PAS QUESTION !
TU VAS TE RECOLLER À NOBITA COMME AU DÉBUT.

HiHi

SSSS

ALLEZ !

IL FAUT DE LA "GLU SPÉCIALE OMBRE" POUR L'ATTRAPER.

BOUM

JE PARS PAR LÀ !
MOi PAR iCi.

POUAH ! DE LA BOUE !

C'EST TOi L'OMBRE ALORS ?
GRR...

OH ! C'EST TOi, NOBiTA ?

HiHiHi !
BAAM

NOBITA !!
JE T'EXPLIQUERAI TOUT À L'HEURE.
SPLASH

TU ES ENCORE PLUS FONCÉ QUE TOUT À L'HEURE !
OH NON !

JE VAIS BIENTÔT PRENDRE TA PLACE.

ELLE SE CACHE DANS LE GRENIER.
SSS

ON NE VOIT RIEN.
SI UNE OMBRE SE CACHE DANS LE NOIR, C'EST FOUTU.

ÇA VA BIENTÔT ÊTRE LE TEMPS LIMITE !
FAIS QUELQUE CHOSE !

J'AI TROUVÉ !

CETTE FOIS JE TE TIENS !
BRRR

DORAEMON, JE T'EN VEUX !

SERMONNEZ-LE EN PLEIN SOLEIL.

ON L'A ATTRAPÉE ! JE ME SUIS DIT QUE L'OMBRE DE NOBITA CRAIGNAIT SÛREMENT L'OMBRE DE MAMAN.

CLIC
CLIC
チョキ
チョキ

ヌウ
SSS
VAS-Y !

Le rouge à lèvres flatteur

CETTE ROBE M'A COÛTÉ CHER.
ELLE N'EST PAS TROP VOYANTE ?

HAHA ! JE SAIS !

JE SAIS À QUOI TU ME FAIS PENSER...
À QUOI JE TE FAIS PENSER ?
ゲラゲラ
HAHA !!

À UN POIS-SON ROUGE JAPO-NAIS.

ELLE M'A MÊME REPRIS MON GÂTEAU ENTAMÉ.
QU'Y A-T-IL ?

HAHA ! MAMAN EST SUSCEPTIBLE.

TU PEINS ?
OUI, JE SUIS SATISFAIT POUR UNE FOIS.

QU'EN PENSES-TU, NOBITA ? NE TE GÊNE PAS, DIS-MOI.

JE LUI AI DIT CE QUE JE RESSENTAIS ET IL M'A GIFLÉ.
TU NE T'EXPRIMES PAS BIEN ET ÇA TE FAIT DU TORT.

TOUT LE MONDE PRÉFÈRE LES COMPLIMENTS AUX CRITIQUES.

MAIS...
JE NE SAIS PAS FAIRE DE COMPLIMENTS.

DANS CE CAS...

C'EST QUOI ?

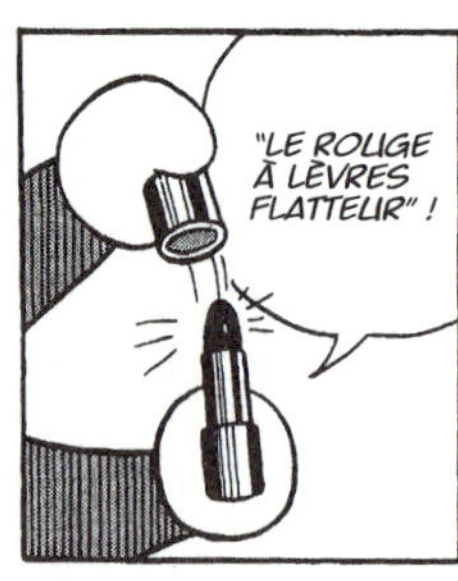
"LE ROUGE À LÈVRES FLATTEUR" !

QUAND ON PARLE EN PORTANT CE ROUGE, ON FAIT PLAISIR À SON INTERLOCUTEUR.

GROS DÉBILE ! LOURDAUD ! NIAIS !

CELUI-CI, C'EST "LE ROUGE À LÈVRES MÉDISANT" POUR LES DISPUTES.
LE ROUGE À LÈVRES FLATTEUR EST DE CE CÔTÉ.

JE ME SUIS TROMPÉ.
POURQUOI TU ME DIS CES MÉCHANCETÉS ?

EN FAIT, TU AS UN VISAGE REMARQUABLE.
C'EST VRAI ?

HMM

JE RECOMMENCE.

HIHI!

JE VAIS ESSAYER.

VOILÀ UN EXEMPLE DE COMPLIMENT.
C'ÉTAIT TROP BEAU !

C'EST QUOI, CETTE BOUCHE ?

TU ES ROND ET TELLEMENT MIGNON, DORAEMON.
ÇA NE SERT À RIEN DE ME FLATTER.

C'EST VRAi, TU ES Si BELLE !
ARRÊTE TES BÊTISES !

POURQUOi TU N'ES PAS DEVENUE UNE ACTRiCE ?

QUOi ?
C'EST ÉTRANGE.

PAPA !

UN ENFANT NE DOiT PAS FAiRE DE FLATTERiES. ARRÊTE !
BLA
BLA

BLA
BLA

BLA BLA
JE T'Ai DiT D'ARRÊTER.

JE SUiS Si HEUREUX D'AVOiR UN Si BON PÈRE.

CON-TiNUONS.

J'AVAiS HONTE EN T'ÉCOUTANT...
J'Ai REÇU PLEiN DE GÂTEAUX ET DE L'ARGENT DE POCHE.

BOUUM

JE M'ENNUYAIS, ALORS J'AI INVITÉ MES PETITS VOISINS.

TU T'EN SORS PLUTÔT BIEN. TU AURAIS DÛ ÊTRE COMME ÇA !

TOUT SE TERMINE BIEN.

NON, PAS DU TOUT !!!

biscuitmorphoses

カパ

DES BISCUITS EN FORME D'ANIMAUX.

HOP
C'EST PARFAIT !
パク

MERCI D'AVOIR PATIENTÉ.

Les

ACHÈTE DE VRAIS GÂTEAUX !

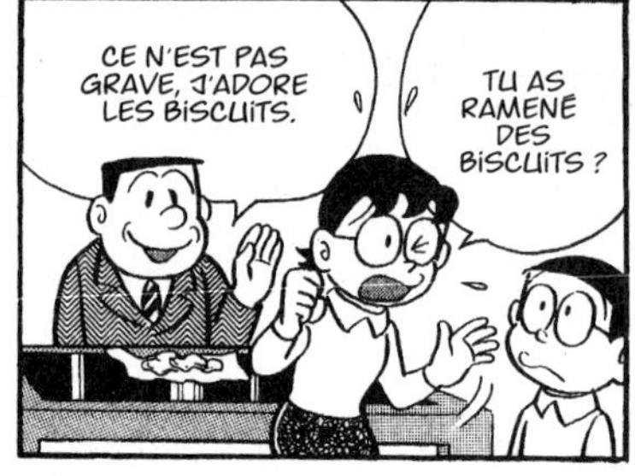
TU AS RAMENÉ DES BISCUITS ?
CE N'EST PAS GRAVE, J'ADORE LES BISCUITS.

?

JE VOUDRAIS ÇA...
MIAOU !

UN, DEUX, TROIS...
LE COMPTE EST BON. MIAOU !

VOILÀ LA MONNAIE.

QU'EST-CE QU'IL A ?
IL ME REGARDE BIZARREMENT.

C'EST MON ViSAGE !?

!

QUOi ?
TU AS MANGÉ UN BiSCUiT ?

À L'AiDE !
DORAemon !!!!

L'EFFET APPARAîT QUELQUE TEMPS APRÈS EN AVOIR MANGÉ...

OUF !!
... ET DiSPARAîT EN CiNQ MiNUTES.

QU'EST-CE QUE JE VAiS DEVENiR ?
CE SONT DES BiSCUiT-MORPHOSES ! iL NE FAUT PAS EN MANGER À LA LÉGÈRE !

iL EN A MANGÉ ?
JE NE SAIS PAS.

MAMAN VA ÊTRE FÂCHÉE.
C'EST EMBÊTANT D'EN AVOIR DONNÉ À L'INVITÉ...

COMMENT VOUS SENTEZ-VOUS ?
1, 2, 3... iL EN A MANGÉ QUATRE ! LE GOURMAND !

VOUS AVEZ MANGÉ LES BiSCUiTS ?
ドタバタ
BOUM BOUM

NON, C'EST iMPOS-SiBLE.
ON NE PEUT PAS ARRÊTER LA MÉTA-MORPHOSE ?

QU'EST-CE QUi VOUS PREND ? SORTEZ !

LE BiSCUiT-CHEVAL FAiT SON EFFET.

!?

ヒヒン
BRRR
ホホホ
HA HA HA !!

ON DOIT VOUS PAR-LER.

MONSIEUR ! S'IL VOUS PLAÎT !
?

CHUT !
PRENEZ VOTRE TEMPS. L'EFFET DISPARAÎTRA.

MERCI.
VOICI LES TOILETTES.

L'EFFET S'EST ESTOMPÉ. VOUS POUVEZ RETOURNER.

NOBITA ! ET LES GÂTEAUX ?
ILS SONT À L'EN-TRÉE.

BEAUX GÂTEAUX. COCORICO !!!

J'ESPÈRE QU'ILS VOUS PLAIRONT.
OH ! QUELS BEAUX GÂTEAUX !

C'EST LE BISCUIT-COQ.

MONSIEUR !!
VITE ! AUX TOILETTES !!!
BAMBAM

ÇA SUFFIT MAINTENANT !

ON DOIT FAIRE QUELQUE CHOSE !

IL Y A UN APPEL POUR VOUS !

?
ÇA VA SONNER BIENTÔT.

DRIIING

QUI EST À L'APPAREIL ?

EUH... PEU IMPORTE...
DISCUTONS UNE PETITE HEURE...

DE QUOI ?
HEIN ? QUOI ?
JE NE COM-PRENDS RIEN !

PAF
パッ
TANT MIEUX !!!

NON ! L'EFFET N'A PAS...
C'EST UNE PLAISANTERIE ! J'EN AI RAS LE BOL !

KiKiKiKi
キキキッ
HAHAHAHA !!
ホホホ

AAH ! AAH !
NE REGARDE PAS !

JE VAIS VOUS LAISSER.
VRAIMENT ?
JE SUIS CONFUSE.

COMMENT OSEZ-VOUS FAIRE ÇA À MON INVITÉ !?

CROA
CROA

KTOD
JE CROOOA QUE JE VAIS RENTRER.

IL EN RESTE ENCORE UN...
VOUS NE VOULEZ PAS RESTER ?

C'EST PAPA !
COUCOU !

JE N'OSE PAS RENTRER.
MAMAN EST SÛREMENT FÂCHÉE...

AH ! TU AS MANGÉ UN BISCUIT...

VOUS AVEZ FAIT DES BÊTISES ?

JE VAIS ARRANGER ÇA.

Un plan d'espionnage top secret

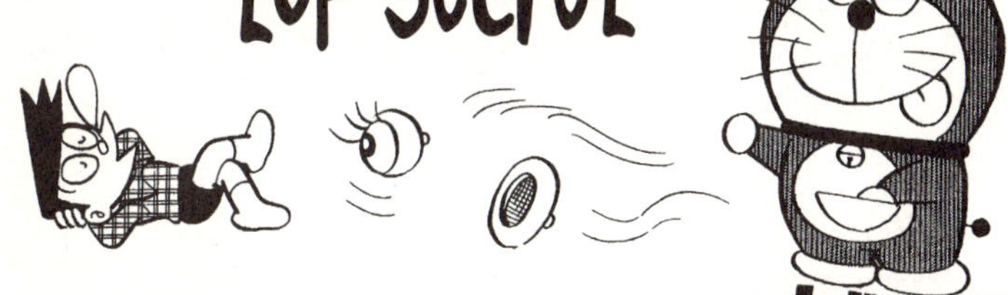

MAIS EN ÉCHANGE...

JE NE DIRAI RIEN...

QU'EST-CE QUE JE DOIS FAIRE ?
J'EN SAIS RIEN.

VOUS POUVEZ RENTRER.
JE RANGERAI LE RESTE TOUT SEUL.

SUNÉO, TU DOIS NOUS AIDER !
TU NOUS LAISSES TOUT FAIRE.

VOUS N'AIMEZ PAS RANGER, ALORS JE LE FERAI À VOTRE PLACE.

IL FAUT QUE CE SOIT PROPRE.

IL EST TROP SYMPA !
SUNÉO EST UN ANGE !

ÉCOLE
QUELLE CORVÉE !!

TU EN AS MIS DU TEMPS ! JE T'ATTENDAIS.

VA ACHETER 500 G DE VIANDE.

POURQUOI JE DEVRAIS...
À CAUSE DU VASE...

PORC
VIANDE

EH ! NOBITA !

VOUS VOULEZ QUE JE JOUE AU BASE-BALL ?
NON.

TU VEUX QUE J'AILLE CHERCHER LA BALLE DANS LES ÉGOUTS ?
DÉ-PÊCHE-TOI !

TU EXA-GÈRES LÀ, ...
LE...
... VA...
... SE.

UNE SORTE D'INCANTATION...

C'EST QUOI, LE VASE ?

NOBITA, DONNE-MOI DES SOUS !
MOI AUSSI.
ET POURQUOI ?

NOBITA OBÉIT SI ON LUI DIT "LE VASE".
C'EST VRAI ?

LE VASE !

À L'AIDE !
TU DOIS AUSSI NETTOYER MON JARDIN.

IL EST VRAIMENT MÉCHANT !!!
QU'EST-CE QUE JE DOIS FAIRE ?

MERCI, DORAEMON !
TU ES MON SEUL ESPOIR.
IL N'Y A RIEN QUE JE NE PUISSE RÉSOUDRE.

FAIS-MOI CONFIANCE !
JE VAIS TE SORTIR DE LÀ.

OÙ SE TROUVE LE VASE CASSÉ ?
DANS LA POUBELLE.

ALLONS D'ABORD À L'ÉCOLE.

CLING

FLASH
"LASER RECONSTRUCTEUR" !

JE PEUX FAIRE MA SIESTE TRANQUILLEMENT.

TU N'AS PLUS RIEN À CRAINDRE.
OUAIS !

JE DOIS NETTOYER LE JARDIN DE SUNÉO.

C'EST VRAI !

TU AS AUTRE CHOSE À FAIRE, NON ?

ÇA COMMENCE À M'ÉNERVER !

MAINTENANT QUE TU ME LE DIS...

TU ES TROP GENTIL ! ÇA NE T'ÉNERVE PAS QU'IL T'AIT FAIT ÇA ?

"LE KIT D'ESPION-NAGE"
C'EST QUOI, CE TRUC ?

GGRRR

ON VA SE VENGER.
COM-MENT ?

POF
ポカ

ESPIONNE SUNÉO.

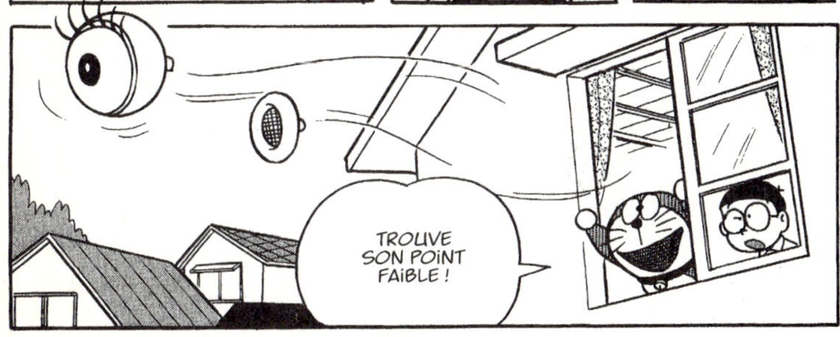
TROUVE SON POINT FAIBLE !

CE QUE VOIT CET OEIL...
... APPARAÎT À L'ÉCRAN.
CLIC

VOILÀ !

OUAF OUAF
ワン ワン ワン
OUAF

À L'ANGLE, TOURNE À DROITE.

OH !

QU'EST-CE QUE C'EST ?

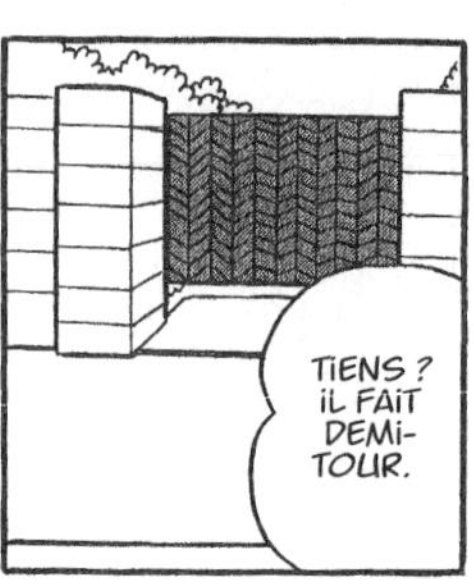
TIENS ? IL FAIT DEMI-TOUR.

NON !

RAMASSONS-LA !

TIENS, C'EST SUNÉO !

ON DOIT D'ABORD SE VENGER.

COUCOU, C'EST MOI !

J'AI NETTOYÉ LA CLASSE TOUT SEUL.
SUNEO, JE SUIS FIÈRE DE TOI.

LE MENTEUR !!!
ON DÉVOILERA TOUT PLUS TARD.

JE VAIS ÉTUDIER.
C'EST TRÈS BIEN.

IL REGARDE LE MIROIR DEPUIS 30 MINUTES...
QU'EST-CE QU'IL FAIT ?

VRAIMENT...

JE NE ME LASSE PAS DE ME CONTEMPLER.

LE MOT "BEAUTÉ"...

RÊVEUR
... EST FAIT POUR MOI.

UN JOUR, TOUT LE MONDE L'ADMETTRA !

POURQUOI PERSONNE NE VEUT LE RECONNAÎTRE ?
HAHA ! EXCELLENT ! ON VA LE DIRE AUX AUTRES !

J'AI PAS ENVIE DE FAIRE MES DEVOIRS.

TIENS ? IL VEUT TRAVAILLER ?

GRR ! IL ME PREND VRAIMENT POUR SON ESCLAVE !
IL VA VOIR !

NOBITA LES FERA CE SOIR.

SI ON LUI DIT QU'ON VA TOUT RÉVÉLER, IL VA AVOIR PEUR.
NON, ÇA NE SUFFIT PAS !

IL S'EST ENDORMI.

GRRR
ZZZ

iL NOUS FAUT UNE FAIBLESSE FATALE !

QU'EST-CE QUi SE PASSE ?

OH NON !!!

SANS CE DÉFAUT, TU SERAiS UN GARÇON EXEMPLAIRE.

JE TE L'AI DÉJÀ DIT CENT FOIS ! METS UNE COUCHE-CULOTTE QUAND TU DORS !

Si ON RACONTE ÇA, SUNÉO N'OSERA PLUS SORTiR DE CHEZ LUi.
ÇA, C'EST FATAL !

NOBITA ! VIENS CHEZ MOI !

JE VAIS ME DÉFOULER SUR NOBITA.

JE SUIS ÉNERVÉ !!

TU AS OUBLIÉ POUR LE VASE ?
"LE VASE" !!!

DIS-LUI QU'IL N'A QU'À VENIR ICI.
HAHA ! TU PLAISANTES ?

JE VAIS MONTRER LE VASE BRISÉ AU MAÎTRE !

CLING
LE VASE ? DE QUOI TU PARLES ?

MAIS... C'EST IMPOSSIBLE...

QUOIIII ?

ON A
TOUT
VU !

VLAM
ガチャ

UNE
COUCHE
POUR
DORMIR...
LE MOT
"BEAUTÉ"...
C'EST NOBITA QUI
L'A CASSÉ !

LE VASE !
LA COUCHE !
JE
VAIS
LES
FAIRE.

FAIS MES
DEVOIRS.
PITIÉ, NE
LE DITES À
PERSONNE
!!!

QU'EST-CE QU'ON
VA BIEN POUVOIR
TE DEMANDER ?
ET
POUR-
QUOI ?

VOUS VOULEZ VOIR ?
C'EST LA VÉRITÉ ! NOBITA T'OBÉIT SI TU LUI DIS "LE VASE".
JE NE TE CROIS PAS !
NON !

?
METS-TOI EN SLIP, FAIS LE POIRIER ET ABOIE !

EH ! NOBITA !

POURQUOI JE FERAIS ÇA ?

LE VASE... "LE VASE" !
ギク
BRR

ワン
ワン
ワン
OUAF
OUAF

Méli-mélo

COMMENT AS-TU OSÉ SORTIR EN CACHETTE ?
À L'AIDE, DORAemon !

JE T'AI JUSTE DEMANDÉ DE RANGER TA CHAMBRE.

TU N'ÉCOUTES JAMAIS CE QUE JE DIS !
TU AS TOUJOURS UNE BONNE RAISON.

JE DOIS ALLER CHEZ SHIZUKA ! JE RANGERAI APRÈS.

BLA
ガミ
ガミ
ガミ
BLA
BLA

TU JOUES DE LA FLÛTE ALORS QUE JE ME FAIS GRONDER ?

?

FUHUIT

?
TU AS BIEN FAIT DE NE PAS ÉCOUTER CE QUE J'AI DIT.

NOBITA, TU ES ADMIRABLE.

QU'EST-CE QUE ÇA VEUT DIRE ?

NE T'INQUIÈTE PAS POUR LE RANGEMENT. VA T'AMUSER.

C'EST LA FLÛTE "MÉLI-MÉLO" !
LA MÉLODIE DE LA FLÛTE JOUE SUR LES NERFS...
... ET ON FAIT L'INVERSE DE CE QU'ON A ENVIE DE FAIRE.

JE PEUX ALLER JOUER.

GRÂCE À CETTE FLÛTE, JE NE ME FERAI PLUS GRONDER !

JE VOIS ! MAMAN VOULAIT ME GRONDER, ALORS ELLE M'A FÉLICITÉ.

MAIS... MAIS...

ARRÊTE ! JE DOIS ALLER CHEZ SHIZUKA...

PRÊTE-LA-MOI.

... ÇA VA VITE.
TU VOIS QUAND TU T'Y METS...

FUUUT

JE VAIS PRENDRE UN BAIN.
ET TOI, QUE VAS-TU FAIRE ?

NOOON ! ARRÊTE !

TU FAIS VRAIMENT L'INVERSE DE CE QUE TU AS DIT !

SPLASH

UNE FLÛTE AUSSI AMUSANTE...
... C'EST DOMMAGE DE NE PAS L'UTILISER.

JE NE TE LE PARDONNERAI PAS !!
DÉSOLÉ.

QUEL BEAU KIMONO, MADAME.
PAS AUTANT QUE LE VÔTRE.

CE N'EST QU'UN KIMONO D'OCCASION !
GRRR
VOUS, VOUS PORTEZ TOUJOURS LE MÊME !

LAISSE-MOI ESSAYER...
... MA NOUVELLE BATTE !
AU SECOURS !!!

JE TE DONNE MA BATTE.
FRAPPE-MOI.
?

SHIZUKA !
J'AI UN TRUC À TE MONTRER !

ZUT !
QUELQU'UN ARRIVE !

SURTOUT PAS UN MOT !
IL PENSERA QUE VOUS N'ÊTES PAS LÀ ET REPARTIRA.

IL TRAÎNE ENCORE DANS L'ENTRÉE.
IL VA VOIR !

FUUUT

ENTRE, JE T'EN PRIE.

VEUX-TU DU THÉ ?

C'EST VRAi, ÇA ! JE SUiS UN VOLEUR.

C'EST UN VOLEUR !!!

... ET TOUT CE QUE J'Ai.

JE TE DONNE MON ARGENT...

AAAAH !
ViUM ViUM
SALE MiOCHE !!!

ZUT ! ELLE S'EST BOUCHÉE !

ATTRAPEZ-MOi !

IL S'EST TROMPÉ DE NUMÉRO.
C'EST SURPRENANT.

JE SUIS SI CONTENTE DE LUI AVOIR PARLÉ.
TU AS DE LA CHANCE.

MOI AUSSI...
JE SAIS !

SI ÇA SE RÉALISE, JE VEUX BIEN MOURIR.

TADAAAN
ジャーン
SHIZUKA
SUJET 1
À NOBITA
SUJET 2 OU
ICI
LIEU
FAIT UN SMACK

QU'AS-TU ÉCRIT ?
RIEN DU TOUT.
BOUM
ドキ
BOUM
ドキ

L'ENCRE NE SORT PLUS.

La neige brûlante

NOBITA !
VIENS JOUER AVEC NOUS !
J'ARRIVE !

C'EST QUOI, CETTE TENUE ?

MAIS...
... IL FAIT FROID DEHORS.
BRR BRR

ガシャ

UNE BOUILLOTTE !!!
IL EXAGÈRE !!!

IL NE FAIT PAS SI FROID.

JE N'AI QU'UN TEE-SHIRT SOUS MA CHEMISE.

MOI, JE N'AI MÊME PAS DE TEE-SHIRT !

NOUS, ON RÉSISTE AU FROID.
QU'IL EST FAIBLE, CE NOBITA !

QU'EST-CE QUE TU FAIS ?

ILS SE SONT MOQUÉS DE MOI !
GRRRR

DORAemon !

OUI !
ON T'A TRAITÉ DE FAIBLE !?
QUOI ?

JE SUIS TRÈS FRILEUX.
QU'EST-CE QUE ÇA PEUT FAIRE ?

* CHAUFFERETTE TRADITIONNELLE JAPONAISE.

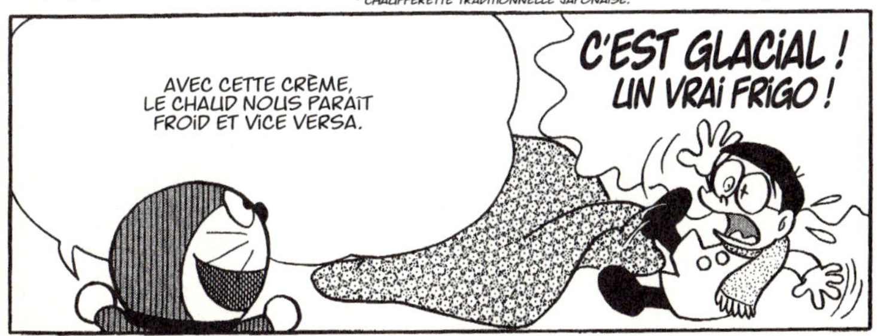

iL FAiT BON !
FAiSONS ENTRER LE VENT FROiD DANS TOUTE LA PiÈCE !
ピュウ
Viuuu

C'EST POUR ÇA QUE C'EST LA CRÈME À L'ENVERS.
Viuuu
ピュウ
PLUS JE ME DÉSHABILLE, PLUS J'AI CHAUD.
Viuuu
ピュウ

J'ENLÈVE TOUT ÇA.

NOBiTA !!
ALLONS NOUS BAiGNER !
ON SE CROiRAiT EN ÉTÉ.

OH !
POURQUOi ÊTES-VOUS AUSSi COUVERTS PAR CETTE CHALEUR ?
SALUT !

TU ES DEVENU FOU ?

TU FAIS SEMBLANT, NON ?

C'EST VRAI ?
TU N'AS PAS FROID ?

QUOI !?
ET VOUS, VOUS ÊTES FAIBLES.

NON, JE SUIS JUSTE RÉSISTANT !

TAC
パッ
TAC
パ
ぐッ

MOI AUSSI !

MOI AUSSI, JE PEUX LE FAIRE !

GLA GLA
GLA
ブ
ブ
VIUUU
ピュウ

QU'EST-CE QUE TU DIS DE ÇA ?

ATCHOUM !!!
ATCHOUM!!
iL FAiT TROP FROiD !
COMMENT ES-TU DEVENU Si RÉSiSTANT ?
C'EST PARCE QUE...
... JE M'ENTRAÎNE ET QUE JE MANGE ÉQUiLiBRÉ...
クスクス
SSS
チラリ
iL NEiGE !
FSHH
ポト
C'EST CHAUD !!!
CHAUD ! CHAUD !
ÇA BRÛLE !!!
iLS SONT BiZAR-RES.

VERSEZ-LEUR DE L'EAU ! iLS SE BRÛLENT.
ViTE, DE L'EAU FROiDE !

QU'EST-CE QUi LEUR PREND ?
JE N'EN SAiS RiEN.

ET HOP !

AïE ! C'EST BRÛLANT !!!
VOUS VOULEZ NOUS ÉBOUiL-LANTER ?
L'EAU EST GLACÉE.

PRENONS UN BAiN CHAUD POUR NOUS RAFRAÎCHiR.

AVEC LA CRÈME, Si ON VEUT SE RAFRAÎCHiR, iL FAUT SE RÉCHAUFFER.

OOOH ! iLS SONT GELÉS !

Le génie fumeux
de la lampe

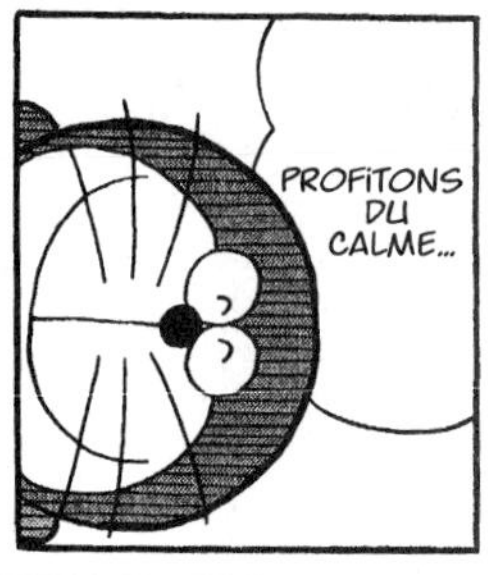
PROFITONS DU CALME...

... DES VACANCES DU JOUR DE L'AN.

DORAemon ! DORAemon !

TAC
ガバ
QUOi ?

TAP TAP TAP
ダダダダ

J'AI FROID. ALLUME LE POÊLE, S'IL TE PLAIT.
TU M'AS APPELÉ POUR ÇA ?

TU PARESSES TOUS LES JOURS !

JE PEUX BIEN PARESSER UN PEU PENDANT LES VACANCES.

OH!
FROT FROT

"LA LAMPE ORIENTALE" !!!
FROTTE-LA.

C'EST UN ROBOT DE FUMÉE.
OUI, MAÎTRE ?

MOI, JE VAIS ME REPOSER.

IL OBÉIT À CELUI QUI FROTTE LA LAMPE.
C'EST VRAIMENT UN ROBOT ?

ZZZ

Vjuuu
ピュー

MON MAITRE VEUT QU'ON ALLUME LE POÊLE.
ALLLUME-LE ALORS !

COMMENT ON FAIT ?
DEMANDE-LE À NOBITA !

JE NE VEUX PAS LE DÉRANGER POUR RIEN.
IL EST GENTIL.

IL DISPARAIT QUAND IL A REMPLI SA MISSION.
QUELLE LAMPE PRATIQUE !!!
NE M'APPELLE PLUS.

DITES-MOI CE QUE VOUS VOULEZ.

OUI, MAÎTRE ?

JE VAIS L'UTILISER ENCORE UNE FOIS.

TU SAIS TOUT FAIRE ?

EUH... QUE VAIS-JE LUI DEMANDER ?

PEUX-TU FAIRE MES DEVOIRS DE VACANCES ?

OUI, JE RÉALISE TOUS LES VOEUX DE MON MAÎTRE.

IL Y EN A BEAUCOUP, TU SAIS.
PAS DE PRO-BLÈME.

TU PEUX !?
C'EST VRAI ?

IL NE PEUT PAS LES FAIRE DEVANT MOI ?

OÙ ÇA ?
J'Y VAIS.

TOUT EST FAIT !
EST-CE QUE JE RÊVE ?

ME REVOILÀ !

JE VAIS POUVOIR FLEMMARDER LA TÊTE HAUTE !

APPELEZ-MOI SI VOUS AVEZ BESOIN DE MOI.

JE VAIS CHERCHER DES CARTES.

JOUONS AUX CARTES.

VOILÀ !

J'AIMERAIS GRIGNOTER QUELQUE CHOSE.

MERCI !

MAIS...

TU ES UN ROBOT FORMIDABLE.
JE VOUS REMER-CIE.

JE VAIS APPELER DORAE-MON.
NE T'EN FAIS PAS, JE VAIS L'APPELER MOI-MÊME.

À DEUX, CE N'EST PAS AMUSANT.

ARRÊTONS DE JOUER AUX CARTES.

DORAE...
GRRR
HN

APPELEZ-MOI QUAND VOUS VOUDREZ.

QUELLE CHOUETTE LAMPE !!!
JE PEUX OBTENIR CE QUE JE VEUX.

SI JE DEMANDAIS ENCORE PLUS... UN MILLION DE YENS* D'ÉTRENNES ?

NON, ÇA C'EST IMPOSSIBLE. HAHA !

REMARQUE...
... PEUT-ÊTRE QUE SI.

* 6970 EUROS.

SI TU NE PEUX PAS, CE N'EST PAS GRAVE.
C'EST IMPOSSIBLE, NON ?

LAISSEZ-MOI FAIRE.
TU PEUX ?

MAIS...
... COMMENT VA-T-IL SE PROCURER L'ARGENT ?

AAAAH !

ARRÊTE !

UN MONSTRE !!!
DONNE-MOI UN MILLION DE YENS SINON GARE À TOI !

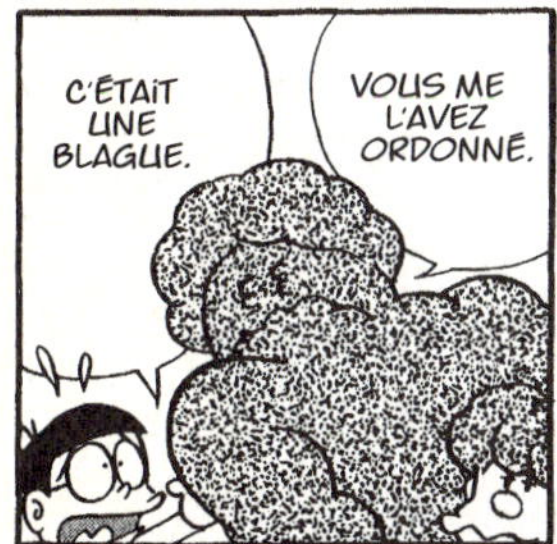
VOUS ME L'AVEZ ORDONNÉ.
C'ÉTAIT UNE BLAGUE.

JE SUIS UN ROBOT.
JE RESPECTE TOUS LES ORDRES QU'ON ME DONNE.

DONNE-MOI UN MILLION DE YENS !
AAAH ! NOOON !
DORAEMON !

LÈVE-TOI ! VITE !
ZZZ ZZZ

UNE SOURIS !!!
HEIN ? OÙ ÇA ?

ARRÊTE !

DONNEZ-MOI UN MILLION DE YENS !

BOUUUM

ボカッ

NE ME GÊNEZ PAS !

iL Y A UN BOUTON D'ANNULATiON.
CLiC

LA LAMPE ! BiEN SÛR !

J'EN VEUX PLUS.
JE NE TE LA PRÊTE PLUS.

OUF ! TANT MiEUX.
SSS

iL M'A FORCÉ À FAiRE DES DEVOiRS.
iL M'A PRiS MES GÂTEAUX !
... iL A PRiS MES CARTES.

ON A VRAiMENT EU PEUR.

UN MONSTRE DE FUMÉE EST ARRiVÉ...

Au galop, les échasses !

REGARDE ! COMME MES ÉCHASSES SONT HAUTES !
MOI, JE MARCHE SUR UNE SEULE ÉCHASSE. HIHI !

POURQUOI LES ÉCHASSES...
... SONT-ELLES À LA MODE ?

QU'ON SACHE EN FAIRE OU PAS...
... ÇA NE CHANGE PAS NOTRE VALEUR !!
PFT !

JE SUIS VRAIMENT TROP FORT EN ÉCHASSES.

SI ON FAISAIT UN CONCOURS D'ÉCHASSES DEMAIN ?
OUI, BONNE IDÉE.
TU PARLES D'UNE IDÉE !

NOBITA, TU PARTICIPES AUSSI ?

ARRÊTE ! LE PAUVRE, IL NE SAIT PAS EN FAIRE.
MINCE ! J'AI ÉTÉ CRUEL.

BRAVO !
J'AI PROMIS DE PARTICIPER AU CONCOURS D'ÉCHASSES !

TU AS EU RAISON !!!

JE NE POUVAIS PAS RECULER DEVANT UN TEL AFFRONT !

JE VAIS T'EN FABRIQUER.
TU POURRAS T'ENTRAÎNER.
EUH...

JE SUIS FIER QUE TU VEUILLES REMÉDIER À TON POINT FAIBLE.
C'EST BIEN !!!

BON COURAGE !

IMPOSSIBLE DE MONTER SUR UN TRUC PAREIL.
PAS VRAI ?

MOI AUSSI, JE ME SUIS ENTRAÎNÉ. J'AVAIS PLEIN DE BLEUS.
MAIS J'ÉTAIS SI HEUREUX QUAND J'AI RÉUSSI.
ÇA ME RAPPELLE MON ENFANCE.

ET IL COMPTE GAGNER !
IL VA LUI SORTIR DES ÉCHASSES DU FUTUR.
IL COMPTE SÛREMENT SUR DORAEMON.

C'EST LOUCHE QUE NOBITA ACCEPTE.

AU 22e SIÈCLE, ON NE JOUE PLUS AUX ÉCHASSES !

TU DOIS ME SORTIR QUELQUE CHOSE !
JE N'EN AI PAS !!!

SI ÇA RES-SEMBLE À DES ÉCHASSES, ÇA ME VA.
JE N'AI PAS D'ÉCHASSES, J'AI UN CHEVAL EN BAMBOU. MAIS...

OUIIIN !!!
JE VAIS ÊTRE RIDICULISÉ DEVANT TOUT LE MONDE !

BRRRR
ヒーン
ヒヒ
BRRRR

TU ME L'AMÈNES ?
JE TE L'AMÈNE.

BRRR
ブルル
QUOI ? IL EST VIVANT ?
BRRR
ヒヒイン
C'EST UN "BAMBOU-CHEVAL" !
CLAP
パカパカ
UN ÊTRE VIVANT CRÉÉ PAR LA SCIENCE DU 22e SIÈCLE.
CLAP
IL NE TOMBE JAMAIS ET IL EST TRÈS RAPIDE.
JE VAIS L'ES-SAYER.
CLAP
ポカ
REGARDE ! TU L'AS VEXÉ !
CLAP
パカッパ
CLAP
パカパ
C'EST PARCE QUE TU AS LES PIEDS SALES.
IL EST TRÈS FIER. VA CHANGER DE CHAUSSETTES !
AMADOUONS-LE AVEC UNE CAROTTE.
BRRR
ブルル
SI TU L'APPRIVOISES, TU ARRIVERAS À LE MONTER.
C'EST COMPLI-QUÉ.

ÇA MARCHE !!!
パカ
パカ
パカパカ
TAGADAC
TAGADAC
BRRRR
OH !
CLAP
パカ
TAGADAC
TAGADAC
TAC
TAC
TAC
LA CLASSE !
TAGADAC
TAGADAC
TAGADAC
TAGADAC
パカ
パカパカ
C'EST GÉNIAL !
MA VICTOIRE EST ASSURÉE !

BRR
UN PEU D'EAU ET AU REPOS JUSQU'À DEMAIN.
ブルル…
C'ÉTAIT AMUSANT.

NOBITA ! IL A TROP DE CHANCE !

JE VAIS TROUVER AUTRE CHOSE.

TON MORCEAU DE BOIS ? J'EN AI FAIT DES ÉCHASSES.
JE NE PEUX PAS ÉTENDRE LE LINGE !

MAIS NON.
IL EST BIZARRE, CE BÂTON.

PARFAIT !

BRRRR
BRRRR

SPLASH

BRRRR

BRRRR!!
BRRRR!!
BRRR
ブルル…
VIENS CHEZ MOI, JE PRENDRAI SOIN DE TOI !

JE NE VEUX PAS D'UNE BÊTE AUSSI DANGEREUSE !
C'EST TROP TARD, IL S'EST ENFUI.

MON BAMBOU-CHEVAL !

TU VAS MONTER SUR DE VRAIES ÉCHASSES.

C'EST MIEUX COMME ÇA.

DEMAIN, TOUT LE MONDE VA SE MOQUER DE MOI !

SORS-LE D'ICI !
POURQUOI UNE ÉCHASSE FAIT UN CROTTIN ?
IMPOSSIBLE DE L'APPROCHER !

DORAEMON VOLUME 1 FIN. Le tome 2 paraîtra en mai 2006

DORAemon la star !

Afin de mieux comprendre l'univers du célèbre chat-robot venu du futur, nous vous proposerons au fil des volumes quelques explications sur les ingrédients de cette série culte !

DORAemon, ce fut d'abord un manga qui parut au Japon, dans un magazine pour enfants, dès 1970. Adapté en dessin animé, la série a connu un très grand succès. Elle passe d'ailleurs toujours à la télévision japonaise à l'heure actuelle et est même déjà apparue sur les chaînes françaises ! Pratiquement tous les Japonais connaissent DORAemon et il est l'idole aussi bien des petits que des grands. Va-t-il également conquérir la France ?

Qu'est-ce que le Dorayaki ?

On voit souvent DORAemon fou de joie devant un Dorayaki. Il s'agit en fait, d'un gâteau traditionnel japonais composé de deux pancakes remplis de haricots rouges cuits et sucrés.

Et le Mochi ?

DORAemon, en bon gourmand, dévore le Mochi de Nobita quand il le rencontre pour la première fois. Les Japonais mangent traditionnellement le Mochi à l'occasion du Nouvel An mais le dégustent également souvent au goûter. Pour l'obtenir, on fait cuire à la vapeur un riz spécial et on le pétrit jusqu'à ce qu'il devienne assez gluant. Le Mochi est délicieux grillé avec de la sauce soja, des algues ou de la poudre Kinako (poudre de soja).

Shima Kadokura

Original Japanese edition published in 1974 by Shogakukan Inc., Tokyo
French translation rights arranged with Shogakukan Inc.
through The Kashima Agency for Japan Foreign-Rights Centre

7, avenue P-H Spaak - 1060 Bruxelles

Dépôt légal d/2006/0086/48
ISBN 2-87129-920-X

Conception graphique : Les Travaux d'Hercule
Traduit et adapté en français par Misato
Adaptation graphique : Eric Montésinos

Imprimé en France par Hérissey/Groupe CPI - Evreux